Contes
de la
rivière Severn

Les Éditions du Vermillon reconnaissent l'aide financière
du Conseil des Arts du Canada, du Conseil des arts de l'Ontario, de la Ville d'Ottawa,
et du gouvernement du Canada
(Programme d'aide au développement de l'industrie de l'édition, PADIÉ, du ministère du Patrimoine canadien)
pour leurs activités d'édition.

 Patrimoine canadien   Canadian Heritage

Catalogage avant publication de Bibliothèque et Archives Canada

Resch, Aurélie, 1971-
Contes de la rivière Severn / Aurélie Resch ;
illustrations, Natasha Batt.

(Collection Parole vivante ; n° 52)
Recueil de contes inventés, inspirés de la tradition crie.
ISBN 1-897058-05-5
I. Titre. II. Collection.

PS8585.E79C65 2005   C843'.6   C2005-905134-5

Maquette de couverture
Christ Oliver

Illustration de la couverture
Natasha Batt

Les Éditions du Vermillon
305, rue Saint-Patrick Ottawa (Ontario) K1N 5K4
Téléphone : (613) 241-4032 Télécopieur : (613) 241-3109
Courriel : leseditionsduvermillon@rogers.com
Distributeurs
Prologue au Canada
1650, boulevard Lionel-Bertrand Boisbriand (Québec) J7H 1N7
Téléphone : (1-800) 363-2864 (450) 434-0306
Télécopieur : (1-800) 361-8088 (450) 434-2627
Albert le Grand en Suisse
20, rue de Beaumont CH 1701 Fribourg
Téléphone : (26) 425 85 95 Télécopieur : (26) 425 85 90
Librairie du Québec en France
30, rue Gay-Lussac 75005 Paris
Téléphone : 01 43 54 49 02 Télécopieur : 01 43 54 39 15
ISBN 1-897058-05-5
COPYRIGHT © Les Éditions du Vermillon, 2005
Dépôt légal, troisième trimestre de 2005
Bibliothèque et Archives Canada

Tous droits réservés. La reproduction de ce livre,
en totalité ou en partie, par quelque procédé que ce soit,
tant électronique que mécanique, et en particulier
par photocopie, par microfilm et dans Internet,
est interdite sans l'autorisation préalable écrite de l'éditeur.

Contes de la rivière Severn

Aurélie Resch
Texte

Natasha Batt
Illustrations

Collection Parole vivante, n° 52

Vermillon

AUTRES OUVRAGES D'AURÉLIE RESCH

Les yeux de l'exil. Nouvelles, Éditions du Nordir, 2002, 96 pages.

Obsessions. Nouvelles, Éditions L'Interligne, 2005, 96 pages.

REMERCIEMENTS

Je voudrais remercier pour la source d'inspiration qu'ils ont été, pour leur grande générosité et leur amitié, les habitants de Fort Severn qui ont accepté de me recevoir et de m'initier à la beauté de leur terre et de leur culture. Merci aux enfants qui m'ont décidée à entreprendre l'écriture de ces contes, à Elja, Betsy et Leroy qui m'ont accordé de leur temps et qui ont bien voulu me raconter quelques-unes des anciennes légendes de leur peuple, merci aussi à ceux qui ont eu la patience et l'humour de me suivre dans ma démarche et qui ont fait des efforts pour me traduire les propos des anciens.

Ma reconnaissance va également à l'artiste qui a illustré ces contes et sans qui ce recueil ne traduirait pas pleinement la culture crie, au Conseil des arts de l'Ontario et au Conseil des Arts du Canada pour avoir cru en mon projet et avoir appuyé ma démarche; sans leur appui ce travail n'aurait pu voir le jour.

Toute ma gratitude à Jean-Christophe Depraetere qui m'a accompagnée dans la création de ces contes et dont l'avis m'a été d'une grande utilité.

Enfin, je rends hommage à Jeanne Gasquy dont les talents de conteuse ont marqué mon enfance et ont contribué à développer mon intérêt prononcé pour la littérature et l'écriture.

Avant-propos

L'idée de ce recueil de contes est venue d'une rencontre avec un lieu et un peuple uniques qui m'ont ouvert un horizon de possibles créatifs et d'inspiration peu communs. Venue à Fort Severn, communauté crie la plus au nord de l'Ontario, sur les berges de la Baie d'Hudson, pour y faire tourner un film, j'ai été saisie par la beauté insolite et sauvage de l'endroit et par la gentillesse réservée de ses habitants.

Durant mon séjour, j'ai eu la chance, à ma demande, d'assister à des cours à l'école de la commune et de suivre les élèves dans leurs passions, leurs intérêts, leurs activités. J'ai été vivement intéressée de constater, lors d'un atelier de dessin dont le thème était : « représentez votre idée de la nature », que ces jeunes ne créaient sur papier qu'une réalité extérieure à leur univers, tout droit sortie de la télévision. Les arbres fruitiers, les limousines, les toits de tuiles et les fleurs printanières ne reflétaient en effet rien de leur environnement désertique et enneigé, immensités blanches à perte de vue et ouvertes aux vents. Comme dans les grandes métropoles, les enfants s'habillaient de vêtements arborant des logos de marques ou l'effigie de héros venus des États-Unis. Leurs jeux japonais ou américains me paraissaient extraordinairement déplacés dans ce contexte, cette géographie, et dans un mode de vie inhérent aux conditions climatiques, à la localisation de Fort Severn et à la culture crie. J'ai demandé aux enfants s'ils connaissaient des contes représentatifs de leur culture et propres à entretenir un imaginaire collectif nourri de référentiel. La réponse que j'obtins fut négative. La même démarche fut entreprise auprès d'adultes de trente ans, parents de ces élèves; même constat. En me tournant vers la génération des cinquante ans et plus, j'appris qu'eux avaient entendu dans leur jeunesse des légendes venant de leur peuple et du monde mythique qui se véhiculait de génération en génération, formant ainsi un univers fictif et merveilleux, mais qu'ils les avaient perdues, étant coupés de leur culture pour « épouser la nôtre ».

Parce que j'ai été élevée sur les bords de la Méditerranée, terre de coutumes et de légendes, et que j'ai grandi, nourrie d'histoires propres à cette région et aux peuples qui l'ont bâtie, je suis convaincue de l'importance fondamentale d'un univers mythologique dans le référentiel culturel de l'imaginaire collectif. Inspirée par ce que je vivais sur place et par les paysages de la région de Fort Severn, je me suis adressée à des anciens et, avec l'aide d'un interprète local, j'ai commencé à recueillir légendes, anecdotes et récits. Séduite, j'ai ressenti l'envie et le besoin de raconter cet univers, de le rappeler à la jeune génération chanceuse d'être l'héritière de tant d'histoire et de traditions, et aussi de le faire découvrir aux enfants d'ailleurs. Avec mes mots et mes impressions, j'ai entrepris la rédaction du présent ouvrage que je dédie d'abord à la communauté de Forth Severn, où j'ai passé des moments magiques et inoubliables, et à tous ceux qui sont épris de légendes venues d'ailleurs. J'espère, bien humblement, qu'il saura vous entraîner dans cet univers merveilleux et unique par son authenticité.

Aurélie Resch

NOTES

Les contes de ce recueil ont été, comme il a été mentionné plus haut, inventés par l'auteure. Toutefois, les personnages de certains contes, tels Jakabas, Weshakajak appartiennent au folklore cri, tout comme l'anecdote du brochet et du caribou, relatée dans le conte *Jakabas et le brochet*. Ils ont été portés à la connaissance de l'auteure lors de conversations entretenues avec les aînés de la communauté de Fort Severn. À cet effet, l'auteure souhaiterait remercier Betsy et Elja pour leur temps et leurs récits.

* * *

Le cadre géographique des contes de ce recueil se situe dans la région de la rivière Severn, sur la rive occidentale de la Baie d'Hudson. Tous ces récits, à l'exception du dernier, se déroulent dans les temps mythologiques, au tout début du monde, ou appartiennent à la chronologie bien incertaine des légendes et du fantastique.

À ces époques d'avant l'histoire ou simplement comprises comme étant très reculée dans le temps sans qu'il soit nécessaire de préciser davantage, ni la Baie d'Hudson ni la rivière Severn ne portaient bien sûr leur nom actuel. Pour éviter les anachronismes fâcheux, l'auteure a adopté les expressions « la Grande-Baie » – ou simplement « la Baie » – et « la Rivière », pour les désigner.

Les Blancs n'apparaissent qu'au dernier conte, qui se déroule sans équivoque possible au XXe siècle. Cependant, à cause du contexte, la même convention y a été observée.

La création des saisons

Sur les bords de la Grande-Baie, où nul ne venait et où aucun oiseau ne chantait, l'Esprit de la terre arpentait les rives à la recherche d'autrui. Il se sentait seul et orphelin dans ce gris pâle où aucune frontière ne distinguait le ciel de l'eau. Il cherchait un moyen pour s'inventer une vie, des amis, des couleurs, du temps et des bruits. À force de marcher, d'aller et venir aux mêmes endroits, l'Esprit creusa des sillons et délimita des territoires, hélas tous pareils, sauf peut-être dans les coins et recoins. Il se promit de les peupler et de les offrir en témoignage d'amitié à ceux qui viendraient. Mais comment attirer du monde de ce côté-ci du globe où rien ne se passe? Où rien n'existe? Comment meubler un vide aussi vaste et aussi muet? Les errances sont bonnes pour la pensée et souvent complices de la créativité. Aussi, arrivé une nouvelle fois face à la Baie, l'Esprit regarda-t-il au-dessus de lui, devant et tout autour et décida de commencer par colorer les espaces. En créant des couleurs, il animerait cette terre qu'il aimait mais sur laquelle il s'ennuyait. Il vit que ses pieds saignaient à force d'avoir marché. Il aima la couleur pourpre de son sang et décida d'en éclabousser le paysage.

Il leva la jambe et secoua énergiquement son pied, projetant des gouttelettes chaudes en tout sens. Il renouvela son geste avec l'autre pied puis regarda autour de lui. Ce fut comme si la terre de ce côté-ci s'était peint la bouche et lui souriait tendrement. Le sol, gris foncé ou brunâtre, s'était réchauffé et arborait un aspect meuble sous un teint de brique. Les eaux de la Baie, contrastant avec ce rouge nouveau, avaient viré au bleu intense et les vagues, qu'un petit vent frais soulevait à la surface, jouaient de reflets indigo. Le soleil, étonné de ce bouleversement, s'était levé et, encore circonspect, restait éloigné entre quelques nuages qu'il avait emmenés avec lui à tout hasard. Toutefois, curieux, il étendait ses longs bras pour aller toucher cette nouvelle terre. Ce faisant, il répandait des reflets orangés dans le ciel qui teintaient d'or la Grande-Baie. L'Esprit se rendit compte que les quelques brindilles qu'il avait à peine pu distinguer à l'horizon autrefois s'étaient transformées en arbres à feuilles et à aiguilles. Il nota que les premiers s'harmonisaient parfaitement avec le tableau dans lequel ils avaient pris racine et se chargeaient de pourpre, d'or et de lumière, tandis que les conifères, comme les eaux de la Baie, jouaient sur les contrastes et tranchaient de leur vert soutenu. Il remarqua aussi que la vie poussait çà et là, avec quelques oiseaux qui semblaient agités, sur le qui-vive, et de petits mammifères fort occupés à grignoter de-ci, de-là, baies et produits que le sang avait fait apparaître. Satisfait, l'Esprit de la terre sourit et s'assit. Il était heureux. Il se sentait bien. Il voyait son monde prendre vie.

Il passa ainsi des jours et des jours, immobile, à contempler la nature, s'émerveillant toujours de la beauté et des couleurs qui s'étiraient autour de lui. Puis, un phénomène se produisit qui entraîna chez lui une vive inquiétude : avec le temps, les gouttes de sang coulaient et se fanaient, laissant deviner un ralentissement du monde et une tristesse basse, planante. L'Esprit resta encore quelques jours à regarder les couleurs se ternir inéluctablement. Anxieux, il se remit à parcourir ses territoires, et la terre se mit à résonner de l'écho pesant de son pas triste. Comment conserver un peu de ces couleurs, comment garder cette vie autour de lui? Les oiseaux ne piaillaient plus. Ils s'étaient regroupés au bout des branches. Les feuilles des arbres tombaient et s'amassaient contre leur tronc, feuillages encore pourpres pour certains, tournant au sombre pour d'autres. Les mammifères semblaient électrisés et couraient dans tous les sens. Le soleil s'éloignait, déçu sans doute de la courte durée de cette palette bariolée. Des mèches blanches poussèrent dans les cheveux épais de l'Esprit. Il aurait tellement voulu que son monde dure longtemps et qu'il soit plein de vie. Le souci creusa des rides sur sa peau brune. Ses gestes ralentissaient. Il avait perdu le goût de dormir, de boire et de manger. Il ne voulait pas se retrouver tout seul à nouveau. En arrivant près d'un rocher que le vide entourait, il vit une petite grenouille trembler. Elle semblait perdue et toute démunie. Hésitant (après tout, c'était sa première rencontre avec un être vivant), il déploya timidement un bras immense et ouvrit sa large main pour inviter la bête à y monter. La petite grenouille, d'un saut minuscule et sans hésitation, vint se blottir dans la paume de l'Esprit. Elle se recroquevillait et tâchait de retenir ses frissons. L'Esprit l'amena à la portée de ses yeux et tenta avec un faible sourire de réconforter le petit être. Quelle ne fut pas sa surprise lorsque la grenouille s'adressa à lui dans une langue qu'il comprenait!

– Les couleurs s'en vont et le froid s'installe en moi. Toi qui as créé cet univers, ne peux-tu me donner un manteau? La terre dans laquelle je creuse mon trou ne suffit pas à me réchauffer.

Tout en cherchant une solution dans sa tête, l'Esprit de la terre lui demanda de combien de couches elle avait besoin pour faire face à ce froid qui envahissait son territoire. La petite grenouille répondit :

– Trois. Il me faudrait trois couches pour ne pas mourir prochainement. La terre m'en fait une, mais elle n'est pas suffisante. Regarde

ce vent qui fait voler tes cheveux et frissonner l'eau, il me rentre dans la peau.

La grenouille avait à peine terminé sa phrase, qu'un cheveu de l'Esprit tomba et vint la recouvrir. C'était un long cheveu blanc épais qui l'enveloppa tout entière. La petite grenouille ferma les yeux, savourant un bref instant ce nouveau manteau. Le souffle qui s'était levé emportait d'autres mèches blanches de la tête de l'Esprit et les éparpillait un peu partout, recouvrant peu à peu le sol, la roche et les arbres d'une épaisse couche blanche. Fasciné par cette transformation et par le spectacle de la petite grenouille emmitouflée, l'Esprit ne put retenir quelques larmes d'émotion. Celles-ci perlèrent le long de ses joues et tombèrent tout autour. Le froid les cristallisa, formant instantanément une couche dure et pure comme le diamant sur le manteau blanc. La petite grenouille avait repris des couleurs et semblait se sentir bien au creux de la paume de l'Esprit. Elle le regarda et lui sourit.

– Merci. Avec la terre, cette neige et cette glace me donneront la protection idéale contre le froid et ainsi pourrai-je rester en vie.

L'Esprit s'aperçut qu'il aimait bien la compagnie de cette petite grenouille et qu'il ne la verrait probablement plus sous ce camouflage. La petite grenouille lui dit qu'il ne fallait pas prendre les choses de cette façon et qu'il devait plutôt se sentir heureux d'avoir trouvé une telle protection pour tous les animaux de la terre. L'Esprit s'agenouilla pour remettre sa protégée à terre. Il réfléchit et se dit que son premier acte avait été éphémère et il se prit à souhaiter qu'il en fût de même pour ce nouvel accomplissement. Avant de quitter sa main, la petite grenouille s'ébroua et fit tomber neige et glace dans sa paume. Elle allait se creuser un trou plus grand et mieux aménagé. Avant de partir, elle lui fit un petit signe : l'Esprit ne la vit pas vraiment sauter ni disparaître et resta fasciné par cette patte à trois doigts qu'elle avait agitée. Cela lui rappela que sa première œuvre avait duré le même temps :

trois mois. Il hocha la tête et décida qu'il en serait ainsi de cette nouvelle création et il grava sur le rocher près de lui trois traits pour s'en souvenir. Il lui faudrait maintenant penser à la prochaine étape où il rapporterait des couleurs au monde et où les êtres remonteraient à la surface. Chemin faisant, il avisa des centaines d'oiseaux qui tremblaient dans un coin, le bec tourné vers le ciel. Il s'approcha et leur demanda pourquoi ils n'allaient pas se réfugier sous terre.

– Nous ne pouvons pas, répondirent-ils. Nous sommes des volatiles. Et des ptarmigans qui plus est. Nous appartenons au ciel et ne pouvons nous cacher sous terre. Et contrairement à nos semblables, nous ne nous envolons pas vers des cieux meilleurs. Nous allons donc mourir de froid sans revoir jamais nos frères.

L'Esprit s'agenouilla devant ces jeunes oiseaux qui tremblaient de froid et se pencha. Il secoua sa tête vigoureusement, faisant tomber une pluie de cheveux drus sur les petits corps transis. Bientôt les plumages s'étoffèrent, donnant de l'envergure aux bêtes qui cessèrent de frissonner sous les bourrasques. Leurs pattes se couvrirent également d'un chaud duvet et lorsqu'ils ne furent plus qu'une boule soyeuse, l'Esprit se redressa. Il leur sourit et dit :

– En plus de ce plumage exceptionnellement chaud, je vous offre le don de pouvoir vous enfouir sous la neige pour vous protéger davantage du froid. Ainsi passerez-vous cette rude période à l'abri, et vous pourrez retrouver vos semblables lorsque la terre se réchauffera et que le soleil ira rendre hommage aux nuages.

Se tournant vers une chouette qui se tenait loin, dans son coin, silencieuse et discrète, l'Esprit de la terre devina son désarroi. Elle portait déjà un plumage de saison mais semblait affaiblie et inquiète. Quittant les ptarmigans qui le remerciaient en faisant bouffer leurs plumes et en poussant de petits cris de joie, l'Esprit fit monter la chouette sur son poignet et lui demanda la raison de sa détresse muette.

– Hélas, Esprit, je me nourris de proies que moi seule sais distinguer là où d'autres ne voient que verdure et feuillage ; devant tout ce blanc, je suis aveugle. Je n'ai rien mangé depuis des semaines et je n'ai même plus la force de me déplacer vers mon nid pour dormir.

Honteuse de s'être ainsi livrée, la chouette ferma les yeux. Le cou dans ses ailes, la petite chose fit pitié au génie qui passa son doigt sur ses paupières closes.

– Vois, petite chouette. Je t'offre le don de voir à travers la neige et de repérer ta pitance sous plusieurs couches. Tu ne souffriras plus de la disette et tu pourras regagner ton foyer et t'occuper ainsi de ta famille.

La chouette sauta de son perchoir et alla attraper de ses serres un mulot qui se frayait un passage sous une dune de neige. En s'élevant, elle remercia l'Esprit et lui fit la promesse de veiller sur ses jours et sur ses nuits :

– Mes yeux sont perçants en tout temps maintenant. Ils seront tiens lorsque tes sens et ta raison s'obscurciront et qu'il te faudra chercher la lumière parmi les ténèbres.

Bientôt la chouette disparut, envolée vers son nid, et l'Esprit fut satisfait. Il trouva un endroit calme et agréable où il s'allongea pour regarder les flocons tourbillonner dans l'encre du ciel. Bientôt, il s'endormit et se mit à rêver. Une douce lumière nimbait les images. Il voyait un lac aux eaux transparentes, entouré de galets ronds et blancs, d'herbe tendre et de fleurs. Au fond de ce lac, une dame reposait et souriait au monde extérieur, ses longs cheveux s'accrochant aux reflets du soleil comme des algues sur l'écume des vagues. Il sembla à l'Esprit de la terre que la vie proliférait autour d'elle : les poissons évoluaient par bancs et les grenouilles sautaient d'herbe en herbe sur les rives. Les oiseaux aimaient se poser sur ce sourire qui se répandait en ondes le long de chaque berge ; ils chantaient et s'ébrouaient, suivis de leur

cortège de petits qui se mêlaient, toutes espèces confondues, en un joyeux chahut. Même les arbres semblaient reprendre des couleurs et de la chevelure en étendant leurs racines pour boire à cette eau douce et ainsi toucher cette mystérieuse apparition au sourire si bon. Le ciel était clair et l'atmosphère sereine. L'Esprit trouva cela bien et se dit qu'au réveil il partirait à la recherche de ce lac et de cette dame.

Lorsqu'il ouvrit les yeux, il faisait toujours aussi sombre et froid et le vent soufflait sur cette terre d'abandon, faisant tournoyer dans de grands sifflements de vaillants flocons blancs. Nulle âme qui vive. Tous s'étaient cachés et protégés, laissant les ténèbres et la glace recouvrir le monde. L'Esprit se mit rapidement sur son séant et prit la route en direction du couchant, longeant d'abord la Grande-Baie. Il s'égara un peu tant les petits lacs étaient nombreux, mais c'est là qu'il espérait retrouver l'apparition qui, dans son rêve, savait donner la vie en souriant avec tendresse. Il traversa ainsi des immensités enneigées, des déserts de glace et de silence, croisa des troncs nus dont les branches s'agitaient sous les bourrasques, marcha sur des lacs durs et étincelants de blanc. Il lui fallut de nombreux jours et d'innombrables nuits. L'Esprit en vint à désespérer de retrouver la dame et les lieux de ses songes. Il était seul et le monde qui l'entourait était froid et vide de toute vie. Les semaines passèrent, puis un mois. Puis deux. La peau de l'esprit était devenue transparente et ses cils s'étaient cristallisés de givre. Ses cheveux, devenus longs et tout blancs, le recouvraient comme d'un manteau de neige. Le vent avait crevassé son visage et gercé ses mains. Tout craquait, sur lui, en dedans et autour. Rompu de fatigue et désemparé, il se laissa choir sur place; il fallait trouver une solution. Il sentit comme un frémissement sous lui et lorsqu'il ouvrit les yeux, il les écarquilla de surprise en apercevant de l'autre côté de la glace, venant des profondeurs, la dame de ses songes. Elle lui souriait paisiblement. Sa peau, ses yeux et sa personne respiraient la bonté et la douceur et il en fut ému. Comment briser cette croûte de glace et libérer cette divinité silencieuse? Il était sûr que s'il arrivait à la sortir de ces profondeurs, sa grâce saurait avoir raison de la rudesse du monde dans lequel il errait depuis maintenant trois mois. L'Esprit se mit à griffer de ses ongles la surface gelée du lac, à taper des pieds et des poings, à sauter de tout son poids sur cette banquise têtue et geôlière. Rien n'y fit. Cependant l'apparition continuait de sourire d'un air bienveillant, tantôt visible, tantôt aspirée par des abysses impénétrables.

Une journée s'acheva et une nuit s'écoula sans que l'Esprit parvienne à ses fins. Il était terrifié à l'idée que ce monde qu'il avait connu si joyeux et si plein de vie, disparaisse à jamais dans cette dimension de noir et de blanc. Et savoir que la dame se trouvait si près sans que l'on puisse l'atteindre l'accabla et il se mit à pleurer. Doucement d'abord puis en de vrais sanglots, longs et profonds. Les larmes salées, chaudes et abondantes, se mirent à déborder de ses yeux fatigués et ricochèrent sur la glace avant de rouler plus loin. Phénomène surprenant, elles ne gelaient pas mais, au contraire, créaient de la vapeur au contact froid de la glace. Petit à petit, ces pleurs tièdes firent craquer l'écorce blanche du lac, allant même jusqu'à percer de petits trous la surface lisse. Ce fut un grand craquement qui arrêta net l'Esprit dans son chagrin. La glace se fissurait de tout son long et allait bientôt se dérober sous lui. Il regarda par-delà et vit la dame qui lui souriait toujours, ses longs cheveux épars autour de sa tête.

Dans un effort incroyable, l'Esprit de la terre plongea la main dans les eaux glacées, saisit la divinité au sourire bienveillant et se rejeta de toutes ses forces en arrière sur la rive, alors que la croûte blanche cédait enfin dans un bruit effroyable. Au même moment, le soleil perça dans le ciel et deux hirondelles apparurent à l'horizon. Le lac devint turquoise et la terre se couvrit de vert tendre. Quelques fleurs commencèrent à éclore de-ci, de-là et déjà des lapins sautillaient au pied des arbres dont les bourgeons se gorgeaient de sève. L'Esprit recula d'un pas et regarda celle qu'il tenait contre lui. Elle lui semblait si diaphane qu'elle en était presque transparente. Ses cheveux flottaient autour d'elle dans un halo doré. Son sourire ne l'avait pas quittée. Il s'était paré de toute la tendresse de l'univers et réchauffait instantanément le cœur de l'Esprit de la terre. Celui-ci se sentait bien maintenant et profondément heureux. Confusément il comprit que cette divinité engendrait la vie autour d'elle et il se promit de veiller sur elle, de la protéger et de la chérir afin que cette terre bénéficie de son amour et de sa magie.

S'il appartenait à la terre et elle à l'eau, il se dit qu'à eux deux ils sauraient offrir à ce monde tous les trésors dont il aurait besoin pour briller de bonheur et de plénitude. L'Esprit répondit au sourire qui lui était adressé et ils se tournèrent vers l'horizon où les bleus du ciel et des lacs se confondaient. Au loin, une troisième hirondelle vint rejoindre les deux autres, rappelant à l'Esprit l'ordre des choses et les cycles ternaires. En trois lunes, le monde se serait réchauffé et les créatures de la mi-saison peupleraient à nouveau les espaces infinis où il aimait tant voyager. L'Esprit se pencha, cueillit trois fleurs, créa à partir de leur tige et d'un de ses cils une barrette qu'il passa dans les cheveux de sa compagne. Ainsi ils se souviendraient de ce moment magique et marqueraient cette période de renouveau.

Le temps s'écoula, longuement et voluptueusement alors que les jours s'allongeaient et que l'obscurité se faisait plus rare. Les papillons étaient apparus sur les fleurs et les abeilles fabriquaient leur miel. Les biches et leurs faons venaient s'abreuver aux rivières et les arbres s'étaient parés d'un feuillage majestueux, déployant une riche palette de verts. L'Esprit marchait sur tous les chemins que le monde avait à lui offrir et rencontrait le soir venu sa bien-aimée dans un lac où ils se donnaient rendez-vous. La chaleur s'était abattue sur le continent, faisant chanter les cigales, menaçant parfois les forêts d'un incendie que l'Esprit et sa compagne parvenaient vite à juguler, prenant soin d'humidifier régulièrement sol, buissons et feuillus chaque fois qu'elle sortait de l'eau et s'ébrouait, projetant loin les gouttelettes salvatrices accrochées à ses longs cheveux. Leur travail ne s'arrêtait pas là et il fallait que la divinité du lac ouvre la bouche sur certains territoires arides et craquelés pour laisser couler l'eau entre les fissures et réparer ainsi les gerçures, puis faire repousser herbes et fleurs. L'Esprit se réjouissait de retrouver toute cette vie et se délectait dans les eaux claires des lacs, atténuant ainsi la brûlure que le soleil avait engendrée sur sa peau.

Il se rendit compte que, dans cette chaleur, de nombreux petits étaient nés et suivaient leur mère sur les eaux comme dans les airs, lorsqu'ils ne les croisaient pas dans les plaines et les montagnes, sur les arbres ou les rochers. La terre ne cessait de se peupler et il sut que bientôt il ne serait plus seul et que de deux, lui et sa bien-aimée passeraient à plusieurs. Il pourrait lui aussi jouer à son tour avec ses enfants et leur faire découvrir tous les secrets de ce monde, toutes les espèces qui l'animent et toute la beauté dont il resplendit. Il sut aussi que, douze semaines plus tard, il pourrait admirer tout cela se teinter de rouge, d'or et de lumière, puis il y aurait à nouveau une période où les couleurs se retireraient, le temps de se recomposer et de se faire belles, et où le monde serait ouaté et silencieux. Puis il y aurait cette période magique où ils iraient tous au « lac Sourire » fêter la rencontre avec la divinité du lac, renouer avec la naissance de la vie, puis la venue des grosses chaleurs et de la langueur qui les accompagne. L'Esprit de la terre poussa un soupir de satisfaction et embrassa du regard ce qui s'offrait à ses yeux et à son cœur. Ce soir, il retrouvait Dame sourire. Ce soir, il retrouvait sa famille et demain la magie reprendrait et jamais ils ne s'en lasseraient.

La création de la Grande Ourse

Petit Esprit avait grandi depuis sa naissance au lac Sourire. Né de l'Esprit de la terre et de la divinité des lacs, il trottinait librement de par les sentiers sans que ses parents le surveillent trop. Il adorait ce sentiment de liberté et s'émerveillait de ce qu'il découvrait. Ses amis se comptaient parmi les saumons des rivières, les écureuils dans les arbres, les caribous dans les bois et les ours blancs sur les banquises, selon les saisons et les promenades. Alors qu'il jouait avec son amie la loutre dans la rivière qui serpentait à travers la forêt, Petit Esprit lui fit part de son désir d'impressionner ses parents.

— J'aimerais faire quelque chose de grand dont mon père et ma mère seraient fiers. Quelque chose que jamais personne au monde n'ait encore réalisé.

— Tu accomplis déjà de vrais exploits. Vois comme tu nages vite et comme tu sais longtemps retenir ta respiration sous l'eau!

Petit Esprit nagea sous la surface en direction de son amie la loutre qui allait jouer avec le courant des rapides un peu plus loin. Arrivé à sa hauteur, il refit surface et s'ébroua.

— Oui, mais ça, d'autres savent le faire; le brochet, les grenouilles, toi…

La loutre et Petit Esprit se laissèrent porter par le courant, contournant les rochers, jouant à se laisser immerger par les remous.

— Tu es aussi courageux, et nul ne peut être plus fier que les parents d'un petit être qui ne recule pas devant l'aventure.

Ce faisant, ils plongèrent dans la chute qui terminait la course des rapides, quelques pas plus loin, dans une cuve d'eau douce d'où débordait un cours plus calme et qui s'en allait vers le sud.

— Je n'ai pas encore eu l'occasion d'avoir bien peur et je ne sais pas ce que je serai capable de surmonter. Ce que je veux, c'est créer quelque chose de grand qui impressionnera mes parents et marquera cette terre.

— Tu es bien jeune encore, Petit Esprit. Mais tu es ambitieux et si tu cherches bien autour de toi l'essentiel, je ne doute pas que tu sauras apporter à ton tour une dimension à ce monde.

Petit Esprit sortit de l'eau, salua la loutre qui allait rejoindre sa famille pour souper et se dirigea vers le cœur de la forêt où les arbres formaient comme un couvercle sur la terre. Déterminé à trouver ce qui le singulariserait aux yeux de ses parents, il avançait bravement, son arc à la main, son carquois rempli de flèches dans son dos. Chemin faisant, il alla rendre visite à Dame biche et prendre des nouvelles de son dernier-né.

— Quand est-ce qu'il pourra venir jouer avec moi?

— Dès qu'il n'aura plus besoin de moi pour le nourrir. C'est qu'il est encore fragile, tu sais? N'aie pas peur, tu peux le caresser.

Petit Esprit s'accroupit près du bébé faon et toucha sa fourrure mouchetée de blanc.

— Ce qu'il est doux! Quand il pourra marcher, j'irai le montrer à mes parents et il pourra rester dormir chez nous autant qu'il voudra.

Le bébé faon se mit à téter le doigt de Petit Esprit.

– Il doit avoir encore faim. Je vous laisse, mais je promets de veiller sur lui jusqu'à ce qu'il soit plus grand. Je le protègerai de ses ennemis, du froid et de la peur. Avec moi, il ne craindra rien. Au revoir.

La biche acquiesça avec un sourire. Cet enfant l'amusait et l'attendrissait beaucoup par sa gentillesse et sa naïveté. Elle se dit que le monde serait beau si toutes ses rencontres lui ressemblaient. Arrivé près d'un gros érable, Petit Esprit entendit des piaillements. Il regarda autour de lui et finit par apercevoir un oisillon tombé de son nid qui appelait désespérément à l'aide. En s'approchant, il constata que le petit oiseau s'était cassé une aile en tombant.

– Attends, je vais réparer ton aile et te remettre dans ton nid. N'aie pas peur, je ne te ferai pas de mal.

Il prit la minuscule boule de plumes dans ses mains chaudes et tout doucement passa plusieurs fois son doigt sur la blessure en regardant intensément les jointures des cartilages et de la maigre ossature. Il se mit à fredonner et continua ainsi pendant de nombreuses minutes. Peu à peu l'oisillon s'endormit et la fracture se ressouda. L'aile reprit un angle normal et, dans un réflexe, se replia contre le corps frêle. Sans bruit pour ne pas réveiller l'oisillon endormi, Petit Esprit grimpa dans l'érable au tronc massif. Ne s'aidant que d'une main, l'autre portant son protégé, il parvint bientôt tout au sommet de l'arbre et entreprit de ramper sur la longue branche au bout de laquelle se trouvait le nid. Il y parvint sans difficulté et y déposa délicatement le bébé oiseau qui s'éveilla alors.

– Oh! Merci de m'avoir ramené. Et mon aile est réparée! Je dirai à mes parents ce que tu as fait pour moi et comment tu m'as sauvé de mon désarroi. En retour ils sauront, d'un simple coup d'aile, t'emporter là où bon te semble entre ciel et nuages, au sommet des plus hautes montagnes et par-delà les océans.

Petit Esprit s'en fut, heureux d'avoir pu rendre service et de s'être fait un nouvel ami. Toutefois il plissait le front en pensant à ce qu'il pourrait trouver pour se distinguer aux yeux de ses parents qu'il adorait et qu'il respectait pour leur savoir et leur magic. Il croisa un serpent qui s'enroula à son pied en sifflant : sss, ccc…

— Où t'en vas-tu ainsssi, petit ? Sssais-tu que la forêt devient sssombre et que les sssorcccières pourraient te manger ?

Petit Esprit haussa les épaules.

— Les sorcières sont vieilles et laides et elles ne me font pas peur. Mais toi-même, ne crains-tu pas qu'elles t'attrapent ?

— Il est peu probable que cela m'arrive. Je sssuis leur chasssseur et elles me nourrisssent des ressstes des proies que je leur amène.

Petit Esprit se dégagea des anneaux du serpent et recula d'un pas.

— Sais-tu que c'est très mal ce que tu fais ? Penses-tu que mes parents seraient heureux d'apprendre ce vilain commerce ?

— Et qui me nourrirait, autrement ? Et puis, j'aime leur compagnie. Elles sont grises et froides et vivent cachées comme moi.

Et le serpent s'enroula à nouveau autour de la cheville de Petit Esprit et remonta le long de la jambe jusqu'à la hanche.

— Je demanderai à mes parents de s'occuper de toi si tu me mènes à leur cachette.

— Et que feras-tu une fois sssur placcce ? Elles te prendront et te tueront.

— Je les affronterai et je délivrerai leurs prisonniers.

— Tu es courageux mais aussi naïf. Elles te verront arriver et te tueront. Toutefois, je trouve l'idée intéresssante et je sssuis sssûr que le sssspectacle sssera réjouisssant. Voilà ccce que je te propose. Je t'emmène là-bas. Sssi tu te fais prendre, je ssserai féliccité d'avoir rapporté une sssi belle proie et récompensssé en conssséquenccce. Par contre sssi tu réusssis ccce que tu dis que tu feras, je te demanderai protection et

l'asssuranccce de toujours manger à ma faim et de pouvoir vivre au grand jour.

– Soit, serpent. Tu auras tout ça si tu m'emmènes là où les sorcières se terrent.

– Pour ççça, je m'enroule autour de ta taille et te guiderai par hypnose. Le chemin qui mène là-bas doit ressster secret. Tu gagnes, je te ramène iccci, tu perds, je t'étouffe de mes anneaux.

Le serpent balança doucement sa tête de gauche à droite en regardant Petit Esprit dans les yeux. Bientôt ce dernier abandonna toute résistance et le serpent sut qu'il était à lui. Ils traversèrent, l'un enroulé autour de l'autre, des zones d'ombres menaçantes où nul ne se serait aventuré. Des sons effrayants, surgissant à droite et à gauche, remplaçaient les gazouillis des oiseaux et la musique du vent dans les feuilles. Le sol meuble fit place à une terre craquelée et noire et la lumière disparut de l'horizon. Arrivé devant une grotte, le serpent fit tomber son prisonnier et, le tenant bien serré dans ses anneaux, il rampa à l'intérieur de l'antre. Le repaire des sorcières se trouvait au centre de la terre. Dans l'âtre, des braises rougeoyaient et éclairaient d'une lueur inquiétante la grande salle qui terminait le tunnel en cul-de-sac. Le serpent ne vit aucune trace des sorcières et desserra ses anneaux. Il se dressa devant le visage de Petit Esprit et répéta son mouvement de balancier.

– Qu'il fait sombre! Comme c'est sale! s'exclama Petit Esprit en sortant de sa transe.

Des toiles d'araignée pendaient un peu partout et la poussière recouvrait les murs. Dans des cages, on pouvait discerner des mouvements et des gémissements qui semblaient venir de toute part.

– Tu as de la chanccce! Les sorcccières sssont sssorties. Tu as encore le temps de te sssauver, je les connais, elles ne tarderont pas à rentrer.

– Il n'en est pas question! Je vais d'abord rendre leur liberté à toutes ces créatures, puis je ferai disparaître cette grotte!

Et, joignant le geste à la parole, Petit Esprit s'approcha des cages. Des ours et des loups étaient tapis dans trois d'entre elles, serrés au point de ne pouvoir se retourner; dans des cages plus étroites étaient enfermés des écureuils et des loutres, tous effrayés, et dont le pelage avait été en partie abîmé. Petit Esprit libéra d'abord les ours qui renversèrent tout sur leur passage et faillirent écraser le serpent, ensuite vint le tour des loups qui filèrent droit devant eux dans les ténèbres. Quand vint le tour des animaux de taille plus modeste, Petit Esprit se tourna vers le serpent. Il le vit qui s'était enroulé sur ses anneaux devant la sortie, au beau milieu du chemin. Il prit son arc dans une main et une flèche dans l'autre.

— Je t'ai à l'œil et je ne te conseille pas de t'attaquer à l'une de ces créatures au moment où elles essaieront de s'enfuir.

— Pressse-toi si tu veux les libérer toutes. Je ne fais que sssurveiller le retour de mes maîtressses, car je les sssens revenir. Sssi tu tiens à ressster en vie, je te laissse partir. Après tout, tu as déjà libéré une bonne partie de leur butin, je dirais même que tu as laisssé partir des morcccceaux de choix. Ne t'inquiète donc pas du menu fretin.

Petit Esprit ne répondit pas et usa d'un stratagème pour faire sortir de leur cage les bêtes affolées. Il fallut les pousser dehors et veiller à ce qu'elles ne se répandent pas dans la grotte mais se dirigent bien vers la sortie. Le serpent demeurait immobile, regardant ses proies partir, impassible.

— Elles sss'en viennent, Petit Esssprit. Tu ssseras bientôt à moi, tu ssseras bientôt à elles. En voulant tousss les libérer, tu t'es consssstitué prisonnier et demain nous retournerons les chercher. Ton orgueil t'a perdu! Dommage, à un sssi jeune âge.

— Mais tais-toi donc, tu es assommant! Aide-moi plutôt à basculer ce chaudron; j'entends des cris venir du fond et le liquide qui le remplit est bouillant.

Le serpent ne bougea pas, même lorsque le jeune héros le traita de lâche. Il entendait déjà les mortiers des sorcières heurter le sol et les devinait très proches. Dans quelques minutes elles entreraient, terrifiantes et laides, affamées, crachant, les yeux lançant des éclairs. Bien qu'il soit impressionné par le courage de Petit Esprit, le serpent le regardait maintenant comme une proie, son prochain festin. Il serait à l'honneur : malgré la libération des prisonniers, l'enfant restait un mets de choix et jamais il n'avait encore rapporté une telle pièce rare dans la tanière.

Pendant ce temps, Petit Esprit s'était éloigné du chaudron de quelques pas, avait armé son arc, visé, puis tiré sur le récipient. La flèche le perça et le liquide se répandit sur les braises, les éteignant et plongeant l'antre dans le noir total. Petit Esprit fit basculer le chaudron qui se brisa à terre. Des dizaines de petites grenouilles s'en échappèrent en bondissant. L'une d'elles tomba dans son carquois. Au même moment, un bruit de tonnerre gronda dans le tunnel. Les sorcières arrivaient. Petit Esprit était acculé au fond de la grotte et tâchait d'accoutumer ses yeux à la pénombre. Il entendit le serpent siffler non loin de lui.

– Tu as choisi ta desssstinée, petit. Tu ssseras mangé.

La grenouille sortit sa tête du carquois et souffla à l'oreille de son libérateur :

– Au-dessus de toi, un peu plus en avant, des araignées ont bâti leur toile. Tranche sept des fils qui les constituent et tu ôteras la vie aux sept sorcières. Dépêche-toi, les voilà qui arrivent, et ne rate pas ton coup ou nous mourrons.

– Je ne vois rien! Montre-moi où je dois diriger ma flèche.

La grenouille étendit sa main à trois doigts, tout près des yeux de Petit Esprit pour qu'il la distingue malgré l'obscurité, pointant chacun dans une direction contraire. Le fracas de la première sorcière retentit dans l'antre.

– Comment? Le feu est éteint et les cages vides! Serpent, explique-toi!

– Calme-toi, maîtressse. Je t'ai gardé un mets de choix. Regarde, là-bas Petit Esssprit, filsss de Dame sssourire et de l'Esssprit de la terre. Il est pour vous!

La sorcière – qui voyait dans le noir – se retourna en crachant, terrible, ses yeux jaunes luisant dans l'obscurité, méchants et cruels. Petit Esprit respira profondément, saisit une flèche, l'engagea dans son arc et la pointa au-dessus de lui. Il tira en retenant son souffle. Quelque chose de léger lui frôla la joue en même temps qu'un râle affreux envahissait la pièce. Il y eut un feu rougeoyant et vif qui s'alluma à la place de la sorcière, mais qui ne dura que quelques secondes avant de se réduire à la taille d'une pépite qui sauta brusquement percer le plafond pour rejoindre le ciel; une vive lueur entra par le trou et éclaira la grotte. Déjà la seconde et la troisième sorcières entraient, encore plus laides et terrifiantes que la première. Elles hurlèrent :

– Serpent! Qui a osé nous prendre notre sœur? Dis-nous-le vite et ta vie sera sauve!

Le serpent trembla et darda sa langue fourchue en direction de Petit Esprit qui se tenait toujours tapi dans le coin opposé de la caverne. Elles tournèrent la tête vers lui, semblables à deux démons, et s'enflèrent au point d'envahir tout l'espace. Bientôt leur ombre tomberait sur lui. L'arc se tendit encore une fois et un fil fut décroché. La grenouille, sans perdre un instant, lui remit une autre flèche et lui dit de se dépêcher de tirer alors que des ongles crochus s'abattaient sur eux. Un troisième fil fut sectionné et, dans des hurlements effroyables, les deux sorcières disparurent. Deux nouveaux trous au plafond de la grotte laissèrent entrer de la lumière, permettant à Petit Esprit de mieux se repérer, mais le désignant aussi comme une cible parfaite. Trois autres créatures monstrueuses firent leur entrée. L'une en rampant, sa langue de feu déroulée devant elle; l'autre, prenant son envol, bras en croix, son immense chevelure grise déployée tel un voile; la dernière, énorme et écumante, sautillait à la manière d'un crapaud. Elle saisit le serpent et l'envoya voltiger près de Petit Esprit. Les trois sorcières s'approchaient implacablement, occupaient tout l'espace, formant un piège qui se refermait sur le serpent, la grenouille et Petit Esprit.

– Tire vite ou nous allons périr!

– Grenouille, je ne vois plus rien, elles obscurcissent mon champ de vision!

– Dépêche-toi, déjà je sens leur haleine dans notre cou!

Se fiant à l'instinct que lui dictait la peur, Petit Esprit ferma les yeux et tira droit en l'air. Il entendit sa flèche ricocher contre une paroi et se dit qu'il était mort. Mais le projectile fut dévié vers une toile bien cachée, tranchant un fil qui en constituait le cœur. L'araignée tomba brutalement sur le sol et une boule de feu éclata dans un fracas de tonnerre. La sorcière volante s'écrasa lourdement sur la sorcière rampante et l'enflamma à son tour. Toutes deux se consumèrent et disparurent en ajoutant chacune un trou à la voûte rocheuse. La troisième agrippa de sa main gluante aux ongles crochus les chevilles de Petit Esprit, le faisant chuter. Au moment où il heurtait la terre, il décocha une autre flèche dans laquelle s'empêtra la petite grenouille en sautant de son épaule. La chance encore une fois fut avec lui et un fil se brisa. L'hideuse créature disparut comme ses sœurs, laissant passer un sixième rayon de lumière à travers un nouveau trou.

Petit Esprit releva la tête et poussa un cri. Un monstre gigantesque obstruait la sortie. Une sorcière à quatre yeux et deux langues avec un nez en bec d'aigle et des griffes d'acier le regardait avec haine.

– Ce doit être la pire!

La petite grenouille gémissait en se cachant contre son cou. La caverne devint soudainement très sombre. La grenouille cria :

– Tue-la ou cette fois nous y passons!

Petit Esprit allongea sa main pour prendre une flèche dans son carquois; il constata avec effroi que ce dernier était vide. Une haleine putride lui parvint et l'ombre de la mort se dessina sur le mur dans son dos. Les ongles de la sorcière cliquetèrent tels des ciseaux, terribles, à ses oreilles. Dans un ultime réflexe, Petit Esprit se saisit du serpent qui s'était ramassé dans un coin du mur pendant toute l'action et le porta à son arc qu'il banda de toutes ses forces avant de tirer droit devant lui, les yeux fermés.

– Malheureux! Qu'as-tu fait? Ccc'était sssur les toiles d'araignées qu'il fallait viser! cria le serpent.

Le serpent eut un sursaut de frayeur en voyant qu'il allait heurter le visage immonde de sa maîtresse et, en se tortillant pour l'éviter, alla sectionner un fil qui pendait d'une des toiles détruites. Une explosion secoua la grotte et une fumée verte emplit l'espace. Petit Esprit, les yeux fermés, tremblait, replié sur lui-même contre le mur, s'attendant à être déchiqueté et dévoré, la grenouille toujours cachée derrière son oreille. Surpris par le silence qui succéda au fracas, il osa ouvrir les yeux. La fumée se dissipait peu à peu. La caverne, éclairée par les trous que les sorcières avaient faits dans le plafond en disparaissant, avait perdu son aspect sordide. Plus aucune trace du monstre ni du serpent. La petite grenouille sortit la tête.

– Il faut que nous partions! Je sens un grand tremblement de terre qui s'en vient et le toit de la grotte risque de s'effondrer dans peu de temps. Vite! Sortons!

– Mais je ne sais où aller! J'étais en état d'hypnose lorsque le serpent m'a emmené jusqu'ici et je ne me souviens de rien!

– Regarde les trous dans le plafond. Ils forment une grande casserole dont le manche pointe par là. Suivons cette direction!

Petit Esprit suivit la main à trois doigts que la grenouille tendait en direction du haut. Il constata en effet sept trous drôlement alignés et dessinant une casserole avec un manche. Au même moment un grondement retentit et les murs se mirent à trembler. Petit Esprit se redressa d'un bond, la grenouille sur son épaule, et serrant bien fort son arc, il courut dans la direction indiquée par le manche de la casserole. Il s'enfonça dans un couloir et, la grenouille accrochée à son épaule, courut à perdre haleine : derrière, le grondement s'amplifiait et la terre tremblait sous ses pieds. Au moment où Petit Esprit déboucha dans une clairière nue et aride, un énorme fracas retentit et il sembla que le ciel s'écroulait et que la terre s'effondrait. Petit Esprit et la grenouille regardèrent autour d'eux mais ne purent retrouver l'antre dont ils étaient sortis. Soit que l'enfant avait couru beaucoup trop loin, emporté par son élan, soit que le tremblement de terre avait tout enseveli et que la nature avait repris ses droits.

– Où sommes-nous? prononça Petit Esprit. Il fait noir et je n'y vois rien.

La grenouille écarquilla les yeux et secoua la tête en signe de totale ignorance.

– Regarde!

Dans le ciel, une nouvelle constellation était apparue. Elle avait la forme d'une grande casserole dont le manche rebiquait. Ses étoiles luisaient. Songeur, Petit Esprit dit à la grenouille :

– Les sorcières sont au ciel à présent et les étoiles les surveillent. Je ne sais où est parti le serpent. Je doute qu'il soit avec elles, mais je lui attribuerais volontiers cette inclinaison à l'extrémité de la constellation.

– Et si nous suivions la direction qu'elle indique, peut-être nous sortirions-nous de cet endroit lugubre comme nous l'avons fait pour nous extraire de la caverne, et peut-être retrouverions-nous notre chemin.

– Très bien, grenouille. Jusqu'ici tu m'as toujours été de bon conseil. Suivons ton intuition.

Ils marchèrent tout droit pendant longtemps. Puis le décor changea et se transforma en immensités de glace et ils aperçurent au loin des ours polaires. Une grande mère ourse et ses petits s'avançaient en direction de la terre. Ils les suivirent de loin. Quand ils disparurent à l'horizon, ils avaient atteint une petite butte. De là ils purent voir un paysage familier. Ils étaient chez eux. Petit Esprit leva les yeux vers le ciel et regarda la constellation au-dessus de sa tête.

Sur le bord de la nouvelle constellation, à l'opposé du manche de la casserole, deux étoiles retinrent l'attention de Petit Esprit : en prolongeant vers le haut du ciel la ligne qu'elles dessinaient, son regard arriva à l'étoile Polaire qui brillait au milieu d'autres étoiles, semblables à des larmes de glace.

– Ces deux étoiles indiquent le nord…

– Et les grands ours! coupa la grenouille. Bravo, petit! Non seulement tu as sauvé de nombreuses victimes, mais tu as créé une constellation qui indique le nord. Tes parents seront fiers de tes exploits!

Petit Esprit sourit du compliment et ferma les yeux de satisfaction. Ainsi était-il parvenu à trouver ce qui le distinguerait et ferait la fierté de son père et de sa mère. Il avait été utile ce jour-là de se promener dans la forêt. Déjà, il se mettait en route vers son lac pour retrouver sa famille, éclairé par les sept étoiles qui semblaient étinceler de colère et d'impuissance, mais qui étaient si belles à regarder. La grenouille, toujours sur son épaule, se rapprocha de son oreille :

– Comment vas-tu l'appeler ta constellation?

Petit Esprit resta silencieux un instant et continua de marcher.

– La Casserole. Ou la Grande Ourse. Ça n'a pas tant d'importance après tout, le nom.

Le petit ours triste

Amis lecteurs, si vous vous aventurez dans les immensités du Nord et que vous parvient un léger murmure qui agite les feuilles aux branches des arbres, ne vous hâtez pas trop de l'attribuer au vent. Arrêtez-vous et prenez votre temps. Ce souffle ne vous fait-il pas penser à une plainte étouffée venant de loin? Peut-être s'agit-il de celle de Petit Ours qui cherche toujours à sortir de sa carapace de solitude. Peut-être qu'en suivant ces lamentations, vous arriverez jusqu'à lui et que vous saurez le consoler. Mais laissez-moi d'abord vous conter son histoire, un récit qui se véhicule de peuple en peuple et qui, au fil des générations, efface les frontières entre légende et réalité.

Dans les temps, bien avant l'apparition de l'Homme, où les forêts disputaient encore l'espace à la mer, de nombreux animaux partaient explorer la terre et la variété des paysages tout autour du globe. Ils voyageaient avec une grande liberté et s'installaient à l'endroit qui correspondait le mieux à leur nature. Rien pour les menacer ou pour les chasser d'un territoire; les espèces se répartissaient au gré de leur fantaisie. Bien que les différentes familles d'animaux communiquent peu entre elles, la nouvelle de la découverte d'un autre paradis, séduisant et plein de merveilles, ne manquait jamais de susciter des émules. On assistait alors à des migrations en masse d'oiseaux, de mammifères ou de poissons qui laissaient un espace vide derrière eux, une place libre à occuper. Le vide ne s'installait cependant jamais trop longtemps, soit qu'une autre espèce y élisait domicile, soit que la meute partie revenait, en totalité ou non, réinvestir ses lieux d'origine.

Il fut pourtant une fois où rien ne se passa comme d'habitude. C'était pendant un de ces longs mois d'hiver pendant lesquels les animaux avaient coutume de vivre au ralenti s'ils n'avaient pas déjà migré. Ce matin-là, dans cette région du Nord, ne ressemblait pas aux autres matins. Le silence était très opaque et la neige épaissie par une valse incessante de flocons. Dans les arbres, aucune branche ne bougeait. Même les nuages étaient au repos. Le ciel et la terre, en habits de mariés, ne faisaient qu'un et il était impossible de dessiner une quelconque ligne de démarcation entre eux. Pas de racines, d'aiguilles de pin ou de traces de pas qui viennent marquer le tapis ouaté. Le temps s'était arrêté.

Quelque part au milieu de cette immensité blanche et silencieuse, une caverne abritait le sommeil profond de Petit Ours. Il avait beaucoup joué et ses ébats en solitaire l'avaient quelque peu écarté des grands. Épuisé, il avait décidé de s'abriter au creux de cette colline pour se reposer avant d'aller rejoindre ses parents et son clan. Il faisait doux et chaud dans ce refuge et Petit Ours n'avait pas tardé à s'endormir. Lorsqu'il ouvrit les yeux, les choses avaient changé. Petit Ours n'avait su déterminer ce qui l'avait tiré de ses rêves. Il ressentait un vague malaise. Au lieu de la pénombre accueillante où il avait élu domicile, il découvrait un espace gris, sans saveur ni odeur. Plus étrange encore, l'absence de son. Petit Ours était habitué, partout où il allait, d'être accompagné de bruits, indices d'activités ou de vie. Aujourd'hui, rien

ne venait frapper ses sens. Étonné, il se redressa et se frotta les yeux. Bien étrange, cette nouvelle situation! Petit Ours pointa son museau hors de sa tanière. Stupeur! Dehors, le monde avait disparu! Ce n'était pas la première fois que Petit Ours vivait un hiver neigeux, pourtant cette fois-ci le manteau blanc était si épais que les formes ne se distinguaient plus. Tout semblait avoir été gommé du paysage. Pas âme qui vive, pas un contour pour rompre la monotonie du décor.

Une vague inquiétude gagna Petit Ours. Mieux valait retrouver sa famille et son clan pour éclaircir ce mystère. Les grands avaient toujours une explication pour les événements les plus curieux. Mais vers où se diriger? Les sentiers avaient été ensevelis et les bosquets et les arbres s'étaient fondus dans l'immensité neigeuse. Petit Ours appela, debout sur ses pattes, le dos à la caverne. Tournant la tête à gauche et à droite, il tâcha de humer des odeurs familières, un souffle qui lui indiquerait où se trouvaient ses pairs. Rien. Pas plus d'ours que d'oiseaux, de renards ou de lapins. Petit Ours eut peur. Il ne pouvait pas rester tout seul. Ses plaintes ne trouvant aucun écho, il se mit à marcher au hasard, essayant de se rassurer. Il finirait bien par trouver les siens. Il marcha dans le désert blanc pendant une éternité. Le silence lui pesait autant que l'absence de vie autour de lui. C'était à n'y rien comprendre. Comment une telle chose s'était-elle produite en si peu de temps? Petit Ours s'interrogea sur la durée de son sommeil dans la grotte. Et s'il s'y était assoupi plus longtemps qu'il le croyait? Peut-être que ses parents s'étaient inquiétés et étaient partis à sa recherche?

À force d'avancer, il finit par arriver au bord d'un lac. La température avait dû s'adoucir, car la glace avait craqué et formait des plaques flottant çà et là sur une eau sombre. Les flocons s'éparpillaient sur les vagues sans laisser de traces. Le monde reprenait son visage familier. Plein d'espoir, Petit Ours longea la berge. Il parvint à un endroit où les eaux formaient une anse. Là, deux phoques jouaient en

se laissant glisser d'une plaque de glace à l'autre. Soulagé et joyeux de rencontrer enfin quelqu'un à qui parler, Petit Ours s'approcha :

— Excusez-moi… Je me suis égaré. Je ne retrouve plus les miens ni personne. Savez-vous ce qui se passe ? Avez-vous vu du monde ?

Les deux phoques s'interrompirent et vinrent nager jusqu'à Petit Ours, qui recula, impressionné devant la taille des bêtes qui se rapprochaient. L'un des phoques rit :

— Tu es bien peureux, petit. Où as-tu vu que les ours ont peur des phoques ?

L'autre, plus conciliant, au museau très foncé, l'interrompit :

— Tais-toi, tu vois bien qu'il est tout jeune et fatigué. Dis-moi ce qui t'arrive, petit. Peut-être pourrons-nous t'aider.

— Je me suis endormi dans une grotte et quand je me suis réveillé tout était blanc et désert. J'ai dû marcher longtemps avant d'arriver ici et vous êtes les premiers êtres vivants que je croise.

Les deux compères se regardèrent, puis le second reprit :

— Tu as dû dormir plusieurs jours, petit. Des signes avaient annoncé la tempête et les animaux de ce côté-ci des terres sont partis pour des cieux meilleurs. Et ils ont eu raison, car la tempête a fait rage pendant un bon bout de temps. Et encore, ce que tu vois aujourd'hui, n'est rien comparé à il y a quelques jours.

Petit Ours s'écria :

— Quelques jours ? Mais quel jour sommes-nous ?

Les phoques demeurèrent muets à cette question. Petit Ours ne voulait pas croire ce qui lui arrivait.

— Mes parents ne m'auraient jamais abandonné et tous les animaux n'auraient jamais quitté leur terre comme ça, d'un seul coup.

— Peut-être que tes parents t'ont cherché et qu'ils se sont dit que tu avais trouvé un refuge, ou encore, que tu étais déjà parti, suggéra le premier phoque.

— Mais ce n'est pas possible!

Le second phoque se hissa sur la berge et s'approcha de lui.

— Les animaux sont libres, et lorsqu'ils savent qu'ils seront plus en sécurité ou mieux ailleurs, ils se déplacent. Les tiens ont dû entendre parler d'un endroit où ils pourraient s'établir et éviter la tempête…

— Mais des tourbillons de neige, j'en ai déjà connu et ça ne nous a jamais séparés. Et puis, les autres espèces…

— Tu as dormi très longtemps, petit, reprit le second phoque. Cette tempête, crois-moi, était meurtrière et la région s'est vidée rapidement, affirma le premier phoque.

— Où sont-ils partis?

Petit Ours pleurait. Les deux phoques, à présent sur la berge, l'entouraient. Le premier expliqua :

— Nous ne pourrions te le dire. La terre est vaste. Cependant, ne t'en fais pas. Les espèces bougent et les animaux vont et viennent. Bientôt, tu reverras les oiseaux et bien d'autres aussi reviendront. Il n'est pas impossible que tes parents soient parmi eux.

— Ils n'ont pas pu partir. Je ne veux pas rester tout seul.

Petit Ours criait, tellement il était désespéré. Sa crainte d'être abandonné, loin des siens à jamais, le terrassait.

Le premier phoque se mit à bouger :

— Suis-nous. Nous allons te mener à un endroit d'où tu pourras surveiller le retour des animaux. Il n'y a aucun doute que, les températures s'adoucissant, il ne tardera pas à en revenir beaucoup. De là, tu seras le premier à les voir arriver et tu te sentiras moins seul.

Petit Ours n'avait plus rien à ajouter. Le cœur gros, il suivit ses deux compagnons de fortune jusqu'à la pointe de l'anse.

— Voici. Reste. Tes compagnons ne devraient pas tarder à apparaître au loin. Nous, nous allons nager un peu et trouver d'autres eaux où la glace ne risque pas de fondre aussi vite qu'ici. Nous nous reverrons

sans doute bientôt. Ne t'inquiète pas, petit. Ce n'est qu'une question de temps. Et de patience. Au revoir, conclut le premier phoque.

Petit Ours ne répondit pas, déjà concentré sur son guet. Hélas, l'horizon restait vide. Petit Ours attendit ainsi plusieurs jours. Le ciel changea et la neige cessa de tomber. À nouveau le bleu s'installa et le soleil effectua des courbes à l'horizon. Petit Ours vit des oies s'approcher et l'espace s'emplit du bruit de leurs ailes et de leurs caquètements. Alors qu'elles passaient au-dessus de sa tête, il leur demanda si elles avaient aperçu des ours qui se dirigeaient vers ce point-ci de la terre.

— Beaucoup d'animaux se déplacent et s'en viennent. Mais des ours, nous n'en avons point vu, répondirent-elles.

De son poste, Petit Ours vit se succéder les loups, les baleines et les perdrix, mais jamais les ours ne reparurent. Chaque fois qu'il interrogeait les nouveaux venus, ceux-ci affirmaient invariablement qu'ils n'avaient point vu ses confrères. Les jours passèrent et le pays se repeupla rapidement de plusieurs espèces, mais aucun ours ne réapparut. Les deux phoques étaient revenus, puis repartis, puis revenus.

— Ne les attends plus, petit. Les tiens ont trouvé un autre endroit où vivre. Tu peux partir à ton tour et essayer de les retrouver.

Petit Ours ne savait pas nager. Il ne savait pas non plus où aller. Il avait beaucoup pleuré, puis il s'était résolu à rester assis sur les bords de ces eaux froides, à guetter. Parfois, il laissait échapper une plainte. Il espérait qu'elle traverserait les eaux pour parvenir jusqu'aux siens. Ils sauraient alors qu'il était là et reviendraient le chercher. Les animaux sont libres. Un jour peut-être reverrait-il sa famille.

Petit Ours ne mourut pas. Il se transforma en pierre. Son corps figé en position de veille, majestueux, surplombe l'anse. Aujourd'hui, des routes mènent jusqu'à ces eaux, tout au Nord, et si vos pas vous portent là-bas, vous ne pourrez manquer ce grand rocher qui a la forme d'un ourson assis, le museau pointé vers le lointain. Je sais aussi que, dans quelque temps, cet amas rocheux sera célèbre et que des guides touristiques le recommanderont dans leurs itinéraires. Ce que très peu savent par contre, c'est que dans ce rocher bat toujours un cœur rempli d'espoir. Le cœur triste de Petit Ours qui ne cesse d'attendre les siens. Parfois, les jours de grands vents, une plainte s'élève et se répand sur les eaux gelées. Elle appelle les parents absents, des amis lointains. Alors, si d'aventure, vous l'entendez, soyez gentils et répondez-lui. Courez vite vers le lac le plus proche et faites savoir à Petit Ours qu'il n'est pas tout seul et que vous avez vu ses semblables. Ils vont bien et emportent son âme avec eux. Dites-lui que son histoire a traversé les mers et les terres et que chacun connaît son existence. Dites-lui que vous pensez à lui et qu'un jour vous viendrez lui rendre visite et lui parler des siens.

Weshakajak et les oies

À Betsy, dont les récits m'ont inspiré cette histoire

Weshakajak est un esprit qui parcourt le territoire canadien. Partout, le paysage a conservé des indices de son passage. Ici, un ensemble de pierres qu'il avait jetées pour traverser l'actuelle rivière Norhtway au Manitoba, là des empreintes dans une roche alors qu'il s'est assis au bord de la rivière Severn. Weshakajak est un esprit très curieux qui aime découvrir de nouvelles choses, s'amuser et jouer des tours. L'un de ses incroyables pouvoirs est de se transformer en n'importe quel animal et d'imiter son cri, voire n'importe quel son. Très pratique pour se faire des amis, et aussi pour chasser.

C'était le printemps et Weshakajak, qui avait beaucoup voyagé sans jamais vraiment s'arrêter, avait très faim. Hélas, les régions désertiques du Nord ne l'avaient pas exposé à beaucoup de gibier, en particulier pendant cet hiver très rigoureux. Quelle ne fut pas sa joie lorsque, à l'intérieur des terres, parvenu au bord d'un étang, il découvrit des

oies sauvages en train de se baigner. Il devait bien y en avoir dix, toutes grasses à souhait. Weshakajak s'abrita du vent pour que son odeur n'alerte pas les oies et prit le temps de les contempler. Malgré leur grosseur, elles n'avaient pas l'air très robustes ni méchantes. Il lui serait aisé d'en venir à bout et de les manger toutes. Cette perspective lui mit l'eau à la bouche. Il ferma les yeux et se concentra pour se transformer en oie sauvage.

Bientôt, son sac sur le dos, il s'avançait vers le troupeau qui batifolait dans l'eau. L'une des oies l'aperçut et s'ébroua :

– Regardez! Une de nos sœurs! Je me demande d'où elle vient. Elle est bien en retard pour la saison.

À l'approche de Weshakajak, les oies étaient sorties de l'eau et le regardaient.

– D'où viens-tu?

Weshakajak entra dans le jeu et répondit d'une voix mélodieuse :

– De l'Ouest. J'ai mis un peu plus de temps pour faire le trajet jusqu'ici, car je me suis souvent arrêtée en chemin pour chanter.

– Chanter? répondirent en chœur les oies.

Visiblement, elles ne s'attendaient pas à une telle réponse. Weshakajak se félicita de son invention. Il avait à présent toute leur attention.

– Oui voyez-vous, je chante. Je donne des récitals lors de mes déplacements. Au dernier endroit où je me suis posée, le public a été très enthousiaste et m'a demandé de prolonger mon séjour, d'où mon arrivée tardive de ce côté-ci de la Grande-Baie.

Les oies se mirent à caqueter toutes ensemble, excitées qu'elles étaient de se trouver en présence d'une artiste célèbre. L'une d'elles remarqua toutefois le sac sur les épaules de Weshakajak.

– Qu'est-ce que tu portes avec toi?

— Ma boîte à musique. Elle m'accompagne dans tous mes déplacements.

Nouvelle agitation parmi les oies qui se félicitaient de l'aubaine d'avoir parmi elles une musicienne-chanteuse. Leur soirée promettait d'être agréable.

— Peux-tu nous chanter un morceau de ton répertoire?

Weshakajak mima une extrême lassitude.

— Non, pas tout de suite, mes braves amies. Je viens de me poser et je suis excessivement fatiguée. J'aimerais mieux me baigner d'abord puis, si vous m'invitez ce soir à partager votre repas, je vous ferai un récital rien que pour vous.

Les oies, toutes joyeuses, se mirent à battre des ailes. Certaines commencèrent à construire un tipi. Weshakajak, qui surveillait les opérations tout en se baignant, eut soudain une idée. Il interpella ses consœurs :

— Mes amies, pourriez-vous construire un sabostawan? Vous savez, ces deux tipis jumeaux dans lesquels on a l'habitude de beaucoup danser? L'un pourrait me servir de loge pour me changer et me préparer et l'autre serait notre théâtre pour le spectacle de ce soir.

Inutile de vous dire que les oies mirent du cœur à l'ouvrage, tant elles étaient heureuses d'avoir une distraction qui les sortirait un peu de l'ordinaire. Pensez-vous! Une oie cantatrice et troubadour, elles n'en voyaient pas tous les jours! Et puis danser… Elles n'avaient peut-être jamais fait cela de leur vie.

Un sabostawan fut donc monté près de l'étang, à mi-chemin de la forêt et, le soir venu, elles se réunirent toutes dans l'un des deux tipis pour dîner. Weshakajak partagea leur maigre repas, fait de quelques asticots trouvés çà et là. Les oies n'en pouvaient plus d'attendre et priaient leur consœur de leur donner un récital. Certaines battaient déjà des ailes une mesure imaginaire. Weshakajak se leva et disparut se préparer dans l'autre tipi. En réalité, il préparait son sac, pour y ranger

les oies qu'il allait tuer. Il n'avait bien entendu pas de boîte magique comme il l'avait prétendu tout à l'heure. En même temps qu'il chanterait dans leur tipi, il ferait croire aux oies, en imitant le son d'un instrument, que la boîte à musique jouait dans l'autre tente où il aurait laissé son sac. Je vous avais appris que l'un des dons de Weshakajak était de produire les sons qu'il voulait, cris d'animaux ou sons artificiels. L'illusion serait parfaite. Quelques instants plus tard, Weshakajak apparaissait tout apprêté. Les oies se répandirent en compliments exaltés. Elles pouvaient entendre dans l'autre tipi une musique cadencée qui leur donnait envie de se mettre à danser. Assises en cercle, elles prièrent leur amie de venir au centre chanter. Weshakajak vint au milieu d'elles et les regarda toutes une à une, salivant intérieurement. Que de bonne chère en perspective!

– Mes amies, j'aimerais commencer ce concert par une improvisation. Je vais exécuter une petite danse et j'aimerais que vous reteniez les pas, pour que vous veniez me rejoindre et danser avec moi.

Cette annonce déclencha un véritable enthousiasme parmi les oies qui se mirent à glousser de plaisir. Weshakajak interpréta alors une chorégraphie traditionnelle de célébration des festins que les oies, bien entendu, ignoraient. Il leur servit une musique des plus envoûtante et entraînante. Les oies, assises les unes contre les autres, se balançaient, charmées, sans perdre le moindre geste de leur amie. Après quelques minutes, Weshakajak jugea les oies à point et les invita à le rejoindre au centre du tipi. Elles se levèrent et se mirent à exécuter une ronde autour de lui.

– C'est très bien. Laissez-vous entraîner par la musique... Écoutez votre corps. Parfait. Maintenant, fermez les yeux et laissez-vous aller.

Sa voix enjôleuse eut raison de ses naïves compagnes qui obéirent sans commentaires, ravies de vivre une telle expérience. Weshakajak dirigeait leurs mouvements par le chant et la musique. Il s'arrangea de telle sorte qu'elles gardent un espace suffisant entre elles pour qu'il puisse se glisser dans leur cercle sans qu'elles s'en rendent compte. Il se coula ainsi derrière une et, sans bruit, lui rompit le cou, puis la fit disparaître dans son sac à l'intérieur de l'autre tipi. Il fit de même pour une seconde oie. Il était sur le point de recommencer avec une troisième, lorsqu'une oie trébucha sur sa compagne de devant qui, à son tour, bascula sur sa voisine, provoquant un grand désordre et des caquètements parmi les volatiles. Elles ouvrirent les yeux, étourdies. Weshakajak s'était à nouveau placé au centre du cercle et avait repris sa chorégraphie, mine de rien.

— Hou! mon amie, nous sommes essoufflées. Je ne sais pas comment tu trouves autant d'énergie, mais nous n'arrivons pas à te suivre.

Elles interrompirent leur danse et se laissèrent choir en cercle, haletantes. Weshakajak les maudit intérieurement. Il ne fallait pas que son plan échoue.

— Bien. Je vais vous chanter une ballade que j'ai composée pendant mon voyage dans l'Ouest. Cela devrait vous permettre de vous reposer, puis nous reprendrons la fête.

Soudain, une oie se leva et fit remarquer :

— Mais nous ne sommes pas toutes là. Il manque les deux plus jeunes du groupe!

À ces mots, une grande agitation gagna les oies qui se mirent à piailler. Weshakajak les apaisa :

— Ne vous en faites pas. Je les ai vues sortir du tipi. Elles sont allées prendre un peu d'air. La tête leur tournait et elles avaient trop chaud à l'intérieur. Elles ne vont pas tarder à nous rejoindre. Ne gâchons pas cette soirée pour autant. Voici donc la seconde partie de mon répertoire.

Weshakajak était furieux de devoir se donner tant de mal pour son repas. Mais l'occasion de prendre dix oies d'un seul coup était trop belle. Il se mit donc en devoir de séduire à nouveau son auditoire, ce qui bien entendu fut facile. À la fin, il récolta une salve d'applaudissements.

– Et maintenant, très chères, je vous propose la pantomime de l'aveugle.

– Veuillez m'excuser, dit une oie, mais je sors moi aussi respirer un peu d'air frais. J'étouffe.

Weshakajak faillit s'étrangler. Cette petite dinde – pardon : cette petite oie – allait tout faire échouer! Il se retint de justesse et eut plutôt recours à la ruse :

– Mais je vous en prie. Allez donc prendre un bain de minuit. Ça sera le premier de cette saison et, par une si belle nuit, ce serait un tort de vous priver. D'ailleurs, j'irai moi-même à l'étang avant de me coucher, profiter des dernières clartés de la lune. Prenez votre temps, la soirée ne fait que commencer!

Sa remarque fut accueillie par un concert de caquètements. Il espérait ainsi avoir suffisamment de temps pour se débarrasser des autres avant son retour. Il n'aurait plus qu'à se jeter sur cette importune et le tour serait joué. Il attendit qu'elle s'en aille pour se tourner vers les autres et leur proposer son nouveau jeu.

– Voilà. Comme vous pouvez vous en rendre compte, ma boîte à musique vient d'entamer un nouvel air. Je vais nouer un foulard autour de vos yeux avant de vous séparer en deux groupes face à face. Vous danserez avec votre vis-à-vis jusqu'à ce que la musique change de mesure; alors, vous passerez à une autre partenaire. Je me mêlerai à vous et danserai, à tour de rôle, avec chacune d'entre vous. Attention! Nous voici parties.

Une à une, et sans bruit, les oies disparurent du tipi pour finir dans le sac de Weshakajak, dans la tente d'à côté. Tout en chantant et en imitant le son de la boîte à musique, il s'emparait d'une oie puis d'une autre sans qu'aucune n'interrompe sa danse, tout occupées qu'elles étaient à se divertir. Ayant brisé le cou de la dernière, il laissa mourir

le feu au centre du tipi et voulut aller ranger sa neuvième victime dans son sac. Au même moment, l'oie qui s'était absentée pour prendre son bain de minuit entra. Elle vit Weshakajak, le cadavre sur son dos, et s'arrêta net.

– Ah! Te voilà. Chut! Ne fais pas de bruit. Elles se sont toutes assoupies et celle-ci n'avait pas suffisamment de place pour s'étendre confortablement. Je l'amène avec moi dans l'autre tipi. Souhaites-tu venir aussi? Il y a là assez d'espace pour que tu t'installes.

L'oie eut un bref moment d'hésitation. Sans savoir quoi, quelque chose la tracassait dans cet exposé et elle eut peur. Il était trop tôt pour que toutes ses amies soient déjà couchées. Et puis, elle était déçue que la fête se soit achevée sans elle. Comme s'il avait lu dans ses pensées, Weshakajak prit une voix mielleuse et susurra :

– Allez viens, je te jouerai un petit air pour t'endormir. Et si ça ne marche pas, j'irai chanter au bord du lac pour ne déranger personne.

La proposition parut alléchante à la jeune oie qui se laissa convaincre et s'approcha, toute confiante. Elle ne remarqua pas que sa compagne sur les épaules de Weshakajak était morte et passa devant lui pour entrer dans le second tipi, tout heureuse à la perspective de bénéficier d'un récital rien que pour elle. Au moment où elle se glissait à l'intérieur de la tente, Weshakajak lui brisa la nuque d'un seul coup et la rangea dans son sac avec les autres.

Cette nuit-là fut la meilleure que notre esprit ait connue. Il avait un butin digne d'un roi, acquis si aisément qu'il s'en étonnait encore. Avant de s'endormir, il prit soin de se remémorer avec quelle facilité il avait su duper ces oies.

Cet épisode est de nos jours passé dans la langue et la culture et vous entendrez bien souvent dire de quelqu'un de sot ou de naïf qu'il est bête comme une oie. Vous vous souviendrez alors de la légende de Weshakajak et comprendrez pourquoi on attribue un tel qualificatif à cet oiseau en particulier.

Jakabas et le brochet

Parmi les esprits qui peuplaient notre terre jadis, se trouvait Jakabas qui aimait bien n'en faire qu'à sa tête. De multiples mésaventures n'avaient pas suffi à lui apprendre la sagesse et, bien des fois, il s'était retrouvé dans des situations désagréables qu'il aurait facilement pu éviter s'il avait accepté de suivre les bons avis qu'il recevait à foison. L'un des dangers qui représentait un péril constant pour Jakabas, toujours inconscient de ses limites, était l'eau. Jakabas ne connaissait rien à l'univers aquatique et à ses habitants.

Dans les lacs et les rivières qui abondent dans cette immense région du Nord devenue le Canada, régnaient en maîtres le saumon et le brochet. Le premier avait la force de vous entraîner avec lui jusqu'à l'océan lorsqu'il quittait les torrents, et de vous y perdre. Le second, belliqueux, avait mauvaise réputation. Agressif, il engloutissait sans pitié tout ce qui passait à sa portée. Le brochet avait payé cher son insolence à l'égard d'un caribou et depuis s'était juré de se venger sur tout ce qui marchait sur terre. En effet, un jour qu'un vieux caribou s'abreuvait aux eaux sombres de la Rivière, le brochet s'arrêta et lança :

– Tu es vieux et sans intérêt. Vois combien, en comparaison, je suis brave et généreux : je laisse les aînés comme les jeunes m'attraper pour qu'ils se nourrissent. Toi, tu ne te laisses prendre que par ceux qui ont l'expérience de la chasse et l'endurance d'une vie. Tu es égoïste et bon à rien dans les lois qui régissent ce monde.

Le brochet n'avait peut-être pas tout à fait tort mais le caribou, furieux de cette vérité qui lui était adressée sur un ton désagréable, se rua sur le poisson et lui décocha un coup de sabot à la tête. La déformation qui en résulta est devenue la caractéristique physique du brochet et cet incident orienta pour toujours son comportement envers tout être vivant sur terre. Il acquit dès lors la réputation de monstre aquatique. Ses dents aiguisées constituaient une arme redoutable, et sa rapidité à l'attaque en surprenait plus d'un. Tous se méfiaient de sa présence dans les eaux et les aînés mettaient constamment en garde les enfants contre les dangers que pouvaient représenter les baignades non surveillées par un adulte ou, pire, en solitaire.

Bien entendu, Jakabas n'avait cure des conseils et mises en garde et se plaisait à défier ceux qui essayaient de le raisonner. Un jour, il profita de ce qu'il était seul avec sa sœur pour braver l'interdit. Il l'emmena jouer au bord de la rivière qui serpentait au cœur de la forêt. Après avoir couru et jeté des galets dans l'eau frissonnante, Jakabas proposa, malicieux :

– Allons nous baigner. Il fait chaud et l'eau est si claire, qu'on ne peut résister à son appel.

Sa sœur recula vivement et le considéra avec stupeur :

– Mais tu es fou! Tu sais bien que c'est formellement interdit.

– Et qui nous surveille? Allons, viens. Tu as chaud, toi aussi. Personne ne nous dénoncera.

– Mais il ne s'agit pas de ça, Jakabas. Tu sais que le brochet hante les lieux.

– Et alors? Qu'est-ce qu'un brochet face à un esprit? Ne t'en fais donc pas et viens te baigner avec moi.

Elle secoua la tête et considéra son frère avec colère :

– Tu es vraiment impossible! Ce n'est quand même pas pour nous embêter que l'on nous interdit de nous baigner sans surveillance. Tu sais très bien que quiconque se baigne seul risque non seulement de se noyer mais aussi de se faire dévorer par le brochet.

– Tu n'es qu'une peureuse. Le soleil est brûlant, l'eau est claire et je n'y vois aucun poisson malfaisant ni aucun courant qui pourrait nous entraîner. Fais comme tu veux, moi je vais aller me baigner.

Sa sœur essaya encore une fois de l'en empêcher.

– Mais tu ne sais même pas nager!

– Ce n'est pas profond à cet endroit-ci de la rivière. Tu es sûre de ne pas vouloir venir?

Elle secoua énergiquement la tête.

– Tant pis pour toi. Tu ne sais pas ce que tu rates.

– Et toi, tu vas risquer ta vie sottement.

Jakabas haussa les épaules et quitta sa sœur sur la berge pour s'avancer vers la rivière accueillante. Autour des rochers qui émergeaient çà et là et constituaient un gué pour traverser le cours d'eau, des aigrettes blanches formaient une couronne. L'eau était fraîche et accueillante. Jakabas se délectait de cette douce sensation. Il se retourna vers sa sœur :

– Tu vois? Rien à craindre. Tout est limpide et c'est si agréable. Tu es idiote de te laisser impressionner comme ça par des histoires de commères.

Sa sœur ne dit rien et ne bougea pas. Elle regarda son frère avancer davantage dans la rivière. Il était arrivé au milieu du cours d'eau et n'avait toujours pas perdu pied. Les vaguelettes lui arrivaient aux épaules. Il s'ébrouait, heureux et triomphant, dans une totale insouciance, quand un éclair d'argent scintilla en amont. Sa sœur poussa un cri pour le prévenir.

– Jakabas! Le brochet! Il arrive droit sur toi!

Jakabas se retourna, mais ne vit rien. Le brochet avait plongé et était de l'autre côté d'une grosse pierre contre laquelle Jakabas s'était appuyé.

– Tu es ridicule. Il n'y a pas de brochet dans cette rivière. Tu dis ça parce que tu es jalouse de me voir m'amuser et que tu as peur de venir me rejoindre. Tu n'es qu'une froussarde!

– Non, non. Je te dis que le brochet est là. Monte sur la pierre, Jakabas, et reviens vers la rive!

Elle avait à peine terminé sa phrase que Jakabas disparut au milieu d'un jaillissement d'écume. Le brochet avait surgi de derrière son rocher et avait refermé ses puissantes mâchoires sur sa proie. Implacable et sournois, fidèle à sa réputation, il avait encore une fois frappé et enlevé à la terre une de ses arrogantes créatures. Jakabas ne sentit rien. Il vit brutalement disparaître la lumière du jour et fut happé dans un tourbillon fiévreux. La surface de l'eau se calma et, du drame soudain, il ne resta plus rien. Un oiseau chantait sur une branche et le vent chuchotait, faisant frissonner le feuillage.

Jakabas essaya de retrouver ses esprits. Il n'avait pas mal mais il avait peur. Il faisait très sombre là où il se trouvait et ça sentait très mauvais. Il y avait de l'eau partout et des petites choses frétillaient autour de lui. Il avait du mal à respirer. Soudain il fut projeté en arrière et une immense vague déferla sur lui, faisant pleuvoir têtards et petits poissons. Jakabas étouffait. Il avait avalé de l'eau et s'étranglait en s'efforçant de la recracher. Il comprit qu'il ne vivrait pas longtemps dans l'estomac du brochet. Il se mit à nager vers une extrémité et, de là, appela au secours. C'était insensé; personne ne nageait dans cette rivière à part lui, qui avait sottement désobéi. Toutefois, il espérait

que quelqu'un l'entendrait et pourrait le sauver avant qu'il ne se noie ou ne s'asphyxie. Comme il regrettait de n'être pas resté sur la berge à jouer avec sa sœur! Il aurait pu se rafraîchir à l'ombre d'un arbre et revenir se baigner plus tard en compagnie d'autres jeunes, au même endroit ou ailleurs. Jakabas se mit à pleurer. Dans ses prières, il suppliait que sa sœur vienne le tirer de ce mauvais pas ou qu'elle puisse donner l'alerte.

La sœur de Jakabas avait vu le brochet engloutir son frère et la regarder d'un œil mauvais avant de replonger dans les eaux. Elle avait décidé de suivre le poisson en se disant qu'elle trouverait sûrement un moyen de sauver son frère. Elle était furieuse. Elle l'avait pourtant mis en garde, mais il n'en faisait qu'à sa tête, la sous-estimant et la traitant bêtement de peureuse. Maintenant, il risquait de mourir et la faute serait rejetée sur elle qui n'avait pas su le retenir. Tout en le maudissant, la sœur de Jakabas courait le long de la rive. Elle pensait que le brochet s'arrêterait bien un moment pour digérer son repas et elle eut raison. Trouvant un endroit peu profond et sablonneux, le brochet s'enfouit dans le sol meuble et fit son somme. Prudemment la sœur de Jakabas s'approcha, prenant soin de ne pas projeter d'ombre sur l'eau. De là où elle se trouvait, elle avait tout le loisir de regarder la bête. C'était un monstre énorme et fascinant : les coins de sa gueule tombaient et des crocs acérés dépassaient des mâchoires entrouvertes. Le corps argenté était puissant et musclé. Elle avait vu avec quelle rapidité le brochet avait happé son frère et appréciait tout le pouvoir meurtrier que représentait le poisson.Elle s'arrêta à quelques mètres à peine de la bête et entendit monter la plainte de son frère. Soulagée de le savoir en vie, elle réfléchit au meilleur angle d'attaque pour surprendre le brochet. Il fallait bien calculer si elle ne voulait pas à son tour se faire dévorer par le monstre. Tandis qu'elle évaluait la situation, elle se félicita d'entendre les cris de peur de son frère. Elle espérait que cela lui servirait de leçon une bonne fois pour toutes. Un nuage vint alors masquer le soleil. Son couteau à la main, elle en profita pour s'élancer sur le brochet. D'un geste précis et rapide elle planta la lame dans une des branchies du poisson, le tuant instantanément. Le brochet, surpris dans son sommeil, ne vit même pas venir son assaillant et mourut sans avoir esquissé le moindre mouvement.

Dans le ventre du brochet, Jakabas avait arrêté de respirer. Il s'était rendu compte que quelque chose venait de se produire. Les entrailles de son geôlier ne se soulevaient plus au rythme régulier de sa respiration. Le noir était total et l'odeur de plus en plus nauséabonde. Il avait de l'eau jusqu'au menton. Soudain, une brusque saccade le fit glisser en arrière et il manqua se noyer dans le raz-de-marée provoqué par sa chute et les mouvements du poisson : la sœur de Jakabas venait de sortir le brochet de l'eau et de le jeter sur la terre ferme. Elle entreprit alors de découper le ventre de celui-ci afin de libérer son frère, peut-être déjà mort. Jakabas sentit des secousses, puis vit le niveau de l'eau baisser. Enfin il distingua un peu de lumière. Il poussa un soupir de soulagement à l'idée d'être enfin tiré des entrailles du poisson. Mais alors qu'il suivait avec soulagement le mouvement de l'eau qui s'écoulait hors de l'animal, il aperçut une lame de couteau qui se rapprochait dangereusement de lui tandis qu'il était aspiré vers l'extérieur avec l'eau. Il hurla, incapable de nager et de lutter contre le courant.

La sœur de Jakabas entendit son frère crier. Elle abandonna son couteau et s'aida de ses deux mains pour ouvrir le ventre du brochet et libérer Jakabas sans risquer de le blesser. Bientôt celui-ci fut à l'air libre, au milieu de l'eau et d'autres petits poissons. Il n'avait plus l'air fier du tout et tenait sa tête baissée. Sa sœur s'emporta :

– Tu vois, si tu m'avais écoutée, rien de ceci ne serait arrivé.

Jakabas la remercia de son courage et de l'avoir sauvé et jura, tant il avait peur, de suivre désormais les recommandations qu'on lui ferait.

Sa sœur le crut et fut soulagée. Elle aimait son frère et ne voulait pour rien au monde le perdre. De retour chez eux, on célébra son courage et la prise du brochet.

D'autres brochets et menaces de toutes sortes continuent de hanter rivières et lieux attrayants, mais depuis ce jour où il faillit mourir dans l'estomac d'un poisson, Jakabas est plus sage et se tient loin de tout endroit dangereux.

L'histoire des Quatre Vents

L'immensité désertique s'étendait à l'infini, jusqu'aux eaux profondes de la Grande-Baie qui venaient la prolonger. Le silence était complet. On aurait dit que la nature était en attente d'un événement, retenant son souffle, inquiète. Dans le ciel clair, semblait aussi s'être arrêté le temps. L'Esprit des vents, assis sur un rocher, scrutait l'horizon. Il espérait le retour de ses quatre fils.

Plusieurs semaines auparavant, ils s'étaient réunis un soir tous les cinq autour d'un feu, là où la terre est dure et se craquelle sous le ciel. Il y avait eu pendant plusieurs jours une succession incroyable de changements climatiques qui avait causé bien des dégâts à la flore et à la faune environnantes. Des tempêtes de neige avaient alterné avec des pluies abondantes, des éclaircies soudaines et des rafales violentes. C'était les Quatre Vents qui s'opposaient rudement sur un sujet qui les tracassait. Ils manifestaient leur humeur en se gonflant et en envahissant le ciel. De ces confrontations résultèrent des crevasses et des inondations, la disparition du gibier, la perte de récoltes et une croûte terrestre aride et stérile s'était formée. L'Esprit des vents était vieux et fatigué. Il était aussi sage et respecté. De nombreuses plaintes et prières lui parvenaient des forêts, lacs et rivières. On l'implorait de calmer et de raisonner ses fils, sans quoi la terre allait se vider de toute vie et se transformer en désert de glace et de silence. Le vieil Esprit convenait que la situation était sérieuse et qu'elle n'avait que trop duré. Il convoqua donc ses fils à une réunion tout au bout des terres, où il ne poussait plus grand-chose et où l'eau elle-même semblait morne. Il s'assit au milieu de ses enfants et les observa en silence. Grands et solides, ils avaient atteint une puissance extraordinaire qu'il leur devenait de plus en plus difficile de contrôler. Ils étaient fiers et orgueilleux et le vieil Esprit pouvait sentir l'intensité de la compétition qui s'était installée entre eux. Il se décida à aborder le sujet :

– Mes fils, vos disputes nous causent de terribles pertes et de grands soucis. Je ne vais plus pouvoir continuer à vous garder près de moi. Il me faut ramener la paix entre vous et trouver une solution à ce qui vous tourmente. Lequel de vous souhaite me faire part de ce qui a provoqué votre discorde ? Vous êtes mes fils et je vous aime. Je vous demande de vous confier afin que le calme revienne parmi nous.

Le vieil Esprit respecta le silence qui suivit. Connaissant la fierté des vents, il savait qu'il faudrait un certain temps avant que l'un d'eux se décide à partager l'objet de leur discorde. Au-dessus d'eux, le ciel était vide d'étoiles et sombre comme de l'encre. Lorsque la température baissa et que des milliers d'étoiles se mirent à scintiller, l'Esprit sut lequel de ses fils allait prendre la parole.

– Il se trouve, père, que nous avons du mal à nous définir. Nous nous savons différents mais ignorons comment nous distinguer les uns des autres. Or, le temps est venu de choisir nos places et nos routes et, à moins de gagner notre rang et notre territoire, nous ne voyons pas comment il nous serait possible de vivre en harmonie.

Le deuxième fils intervint presque immédiatement et des flocons de neige se mirent à tomber.

– Nous ne pouvons, les quatre, occuper le ciel en même temps et nous n'arrivons pas à nous mettre d'accord sur qui commence, qui suit et qui termine le règne des éléments. À quel moment nous devons nous déployer puis nous effacer.

La neige cédait la place à une pluie fine; alors, le troisième des vents enchaîna :

– Les saisons ne sont pas clairement définies, et pour cause. Nous sommes en partie responsables de cet état de choses. Il nous est impossible de nous attribuer tel ou tel changement sans que cela soit désapprouvé par nos autres frères.

Une superbe aurore boréale éclaira le quatrième frère au moment où il murmura :

– Père, nous ne souhaitons pas davantage nuire à cette terre ni à ceux qui la peuplent. Seul le vainqueur pourra choisir nos positions et nos fonctions. Tu nous as créés et tu sais combien nous sommes puissants.

Le vieil Esprit resta silencieux à méditer les propos de ses fils. Le ciel était redevenu gris et immobile, tandis que grondaient les tempêtes intérieures mal contenues par les Quatre Vents. Ainsi le moment était déjà venu où ses fils ne s'entendaient plus et se disputaient le ciel. L'Esprit hocha la tête. Soit. Il s'en séparerait donc et les enverrait tout au bout des mers et des terres se raisonner et trouver leur voie. Il ne les accepterait plus sur ce coin-ci de la planète tant que leur cœur n'aurait pas trouvé un point d'ancrage et une raison d'animer le ciel. Il savait que leur voyage serait long, et il ne serait pas impossible que certains ne reviennent jamais. Il se leva et s'adressa à eux en regardant loin devant lui :

– J'ai entendu vos paroles. Je vais vous envoyer voyager chacun dans un endroit différent et si éloigné qu'il vous sera impossible de vous croiser. Vous aurez alors pour tâche de définir votre voie et vous ne

reviendrez que lorsque vous l'aurez trouvée. Toi, tu partiras dès ce soir vers le Nord, de l'autre côté de l'océan, et toi vers le Sud, où le continent est aussi brûlé qu'il est gelé ici. Quant à toi, tu suivras cette route qui te mène à l'Est et où la lune cède si tôt la place aux premières lueurs que l'oiseau, pris de court, n'a pas le temps de chanter pour annoncer le jour. Enfin, toi, tu iras à l'Ouest, où le soleil se couche bien plus tard que chez nous. Je vous dis adieu, mes fils, et vous souhaite bonne chance.

Les Quatre Vents ne dirent mot. Ils avaient du chagrin de quitter leur père et leur terre. Mais ils savaient que le vieil Esprit avait raison. Ils se déployèrent alors chacun leur tour et partirent dans des directions contraires, se tournant le dos, suivre la route indiquée par leur père. Le vieil Esprit resta seul et soupira en regardant le ciel. Quand les reverrait-il?

Depuis ce départ, l'Esprit guettait le retour des Quatre Vents. Il allait chaque jour s'asseoir sur son rocher, seul, et fixait l'horizon vide de vie. Le ciel restait figé, monotone, se transformant en nuit lorsque le soleil disparaissait et s'éclairant faiblement à nouveau lorsque la lune se retirait pour se coucher. Plus une goutte de pluie, plus un flocon de neige ni le moindre rayon de soleil. Pas de bourrasque ni de brise. Pas même une aurore boréale. Le climat s'était endormi et, avec lui, la vie sur la terre. Les oiseaux chantaient en silence, les mammifères marchaient sans bruit et les poissons n'étaient plus que des ombres sous la surface de l'eau. L'Esprit était triste. Il se demandait s'il reverrait un jour cet endroit s'animer comme avant. Lune après lune, rien à l'horizon ne lui signalait la réapparition de ses fils.

Et puis un jour quelque chose se produisit. Quelque chose d'infime. La surface de l'eau se mit à frissonner du large vers la berge. L'Esprit se concentra. La texture de l'air se modifia et un souffle, tellement léger qu'un fil de toile d'araignée n'aurait pas frémi à son contact, caressa la peau du vieil Esprit. Celui-ci sourit, reconnaissant le vent qu'il avait envoyé à l'Est. Quelques heures passèrent, puis de fines particules de poussière et de sable vinrent se déposer sur les rives et dans les cheveux du vieil Esprit. Celui-ci sut que son deuxième fils revenait du Sud. Le jour tombait, et l'Esprit nota un rafraîchissement de l'air qui lui annonça que le vent parti pour le Nord était en chemin. Une teinte pourpre recouvrit légèrement le gris du ciel avant de disparaître dans l'obscurité de la nuit; c'est ainsi que le quatrième fils annonçait lui aussi son retour. Le vieil Esprit évalua la distance à laquelle se trouvaient ses fils et en déduisit le temps qu'il leur faudrait pour revenir chez eux. Alors, il quitta son poste d'observation et se rendit au lieu où ils s'étaient réunis tous les cinq la dernière fois. Il coupa des brindilles et des branches de bois sec qu'il empila en un énorme bûcher; il l'alluma et s'assit pour attendre confortablement l'arrivée des Quatre Vents.

Ses fils apparurent sans grand bruit, humblement. Ils s'étaient entendus pour arriver ensemble. Le vieil Esprit sut tout de suite qu'ils avaient changé. Les Quatre Vents s'assirent autour du feu, en silence, et demeurèrent ainsi un long moment, le temps de se reconnaître, de renouer avec leur père et aussi avec cette terre qu'ils avaient laissée à regret. Le feu crépitait, éclairant les visages. Puis, le vieil Esprit se leva :

– Bienvenue chez vous, mes fils. Vous êtes partis longtemps et mon cœur n'a cessé de vous attendre en silence. Je suis content de vous voir à nouveau tous réunis, car cela prouve que vous avez trouvé ce que vous cherchiez. Je serais heureux de vous écouter et de m'assurer que, dorénavant, vous marcherez côte à côte et non face à face.

L'Esprit se rassit et les Quatre Vents se levèrent pour raconter leur périple. À tour de rôle, ils rapportèrent à leur père ce qu'ils avaient vu et ce qu'ils avaient appris. Le premier parla ainsi :

– Là où je me suis rendu, les forêts humides recouvrent le sol et les rivières produisent du riz. Les habitants ont la peau jaune et travaillent au rythme des moussons. Des temples poussent comme des champignons au milieu des arbres et une civilisation est en train de naître dans l'Histoire. Je me sens responsable de cette partie de l'Univers et j'emporte désormais avec moi les pluies abondantes qui viennent la marteler, et je salue le soleil pour l'honneur qu'il fait à la terre en ayant choisi cet endroit pour se réveiller et s'étirer. Père, tu m'avais envoyé à l'Est. Je porterai désormais ce nom. Je serai le vent de l'Est.

– Moi, j'ai parcouru des immensités blanches plus étincelantes et plus impressionnantes que celles que nous voyons ici. Le Nord est un royaume de neige et de glace de toute beauté et les étoiles se penchent pour s'admirer dans le miroir des eaux qui entourent banquises et icebergs. Sur ma route, j'ai croisé des hommes à la peau rougie et tannée. Ils sont fiers et braves et sont liés à leur terre par une histoire presque aussi vieille que la nôtre. Leur lien avec le cosmos est indestructible et leur place dans l'Univers à tout jamais choisie. Je souhaite dorénavant veiller sur cette partie du monde et sur ces hommes que j'admire. Je suis le vent du Nord et lorsque je soufflerai vous saurez que le Nord vous salue et vous envoie une myriade d'étoiles pour veiller sur vos rêves.

– La route qui mène vers l'Ouest est longue et on a l'impression de partir aux confins du monde. J'ai parcouru une variété incroyable de paysages dont la majesté inspire un profond respect. Les peuples que j'ai rencontrés ont tous la peau claire et ne marchent pas du même pas. Certains se concentrent dans des lieux ramassés et s'agitent à découvrir les secrets de notre planète pendant que d'autres se dispersent dans les immensités et se rattachent à la terre et aux rivières. Je sens cette partie de notre monde fragile et prometteuse et je désire suivre les progrès et soubresauts qui l'animent. J'accompagnerai aussi le soleil dans sa dernière descente vers la nuit et veillerai à ce que sa splendeur soit connue de tous. Je m'appelle aujourd'hui le vent de l'Ouest.

– J'ai découvert au sud de notre terre que les déserts côtoient les forêts, et les lacs et les rivières la mer. La terre y est souvent rouge ou

alors blonde. Ici, elle gémit sous ses gerçures, là elle se pare de vert. Les animaux y foisonnent et les espèces sont bien plus nombreuses que chez nous. À l'aube, avant la chaleur, la nature s'éveille et l'air se remplit de bourdonnements et de cris. Après les grosses pluies, une odeur de fruits mûrs et de terre humide se répand d'une côte à l'autre. Les humains qui habitent ce côté-ci de l'océan ont la peau noire. Ils travaillent la terre et sourient à la Lune lorsqu'elle se lève. Régulièrement, les nuits retentissent de leurs chants. Selon les endroits, des édifices et des statues de pierre dominent les vallées ou ornent les falaises. Les divinités y sont nombreuses et variées et la magie s'observe dans beaucoup d'endroits. Mon cœur est attaché à ces hommes et à cette nature. En tant que vent du Sud, j'apporterai la chaleur et essaimerai du sable aux quatre coins du monde.

Leur récit achevé, les Quatre Vents replongèrent dans le silence et la nuit les enveloppa. Le vieil Esprit regardait les braises rougeoyantes. Tous demeuraient pensifs. Les images que portaient leurs mots dansaient dans leur cœur et devant leurs yeux fixés sur l'au-delà. Ils étaient partis et cela avait été bien. Ils revenaient sereins et grandis. Pourtant leur père savait que tout n'avait pas été dit. Il tourna une branche qui se consumait dans le feu. Les Quatre Vents se concertaient du regard, indécis. Finalement, le vent du Sud se tourna vers son père et prit la parole d'une voix douce :

– Père, nous avons suivi ton conseil avisé et nous avons tous découvert notre vérité. Il n'y a plus de crainte ni de colère dans nos cœurs. Mais voilà. Lorsque nous nous sommes rendus aux extrémités où tu nous avais envoyés, nous avons découvert un monde nouveau, une vie riche et différente, des êtres qui ont fait appel à nous et qui nous ont demandé protection et conseil. Nous leur avons donné notre cœur et leur avons fait la promesse de veiller sur eux. Père, aussi douloureux que ce soit pour toi et pour nous, nous devons repartir là où nous appelle notre destin. Notre maison est désormais aux points cardinaux de cette planète. Nous répugnons à te faire de la peine et nous tenions tous les quatre à venir te voir une dernière fois pour te remercier et te dire que tout est bien désormais.

Le fils de l'Est poursuivit :

– Nous serons toujours avec toi et notre présence, bien que lointaine, se manifestera d'une manière évidente. Lorsque tu verras le soleil se lever sur la Baie, tu sauras que ton fils à l'Est te salue et t'offre la lumière du jour.

– Et quand le ciel rougeoiera avant que la Lune ne vienne veiller sur vous, tu pourras te dire que ton fils à l'Ouest se lève pour adoucir tes rêves.

Le vent du Nord intervint à son tour :

– Quant à moi, lorsque les flocons danseront et recouvriront cette terre et lorsque la surface de l'eau s'irisera de mon souffle, ce sera pour te souhaiter un bel hiver, étincelant de blanc et prometteur en ours polaires et en phoques.

Le vent du Sud reprit :

– Père, je me signalerai régulièrement à toi par une brise chaude et quelques grains de sable blond que je t'enverrai des contrées les plus lointaines mais aussi les plus belles. Ainsi serons-nous autour de toi, sans contradictions ni mauvais esprit, et dans l'ordre des choses, toujours poussés par les forces qui dominent les quatre points cardinaux.

Et ayant ainsi prononcé leurs dernières phrases, les fils du vent firent leurs adieux au vieil Esprit qui leur souhaita bon voyage et resta seul à veiller dans la nuit jusqu'à ce que le feu s'éteigne. C'est alors que les premières lueurs du jour se mirent à poindre, attachant à l'horizon des fils d'or et des reflets lumineux aux vaguelettes de la Baie. L'Esprit sut que ses fils étaient arrivés à bon port. Et depuis ce jour, la vie a repris son cours normal et paisible. Les oiseaux se remirent à

chanter, les biches à bramer et les loups à hurler, tandis que les loutres retournaient jouer dans les rivières et que les saumons remontaient les torrents. Le ciel avait retrouvé sa palette de couleurs et peignait chaque heure un nouveau chef-d'œuvre toujours plus saisissant que le précédent. Oui, tout cela était bien et le vieil Esprit quitta son poste d'observation et retourna parcourir ses terres.

Les premiers hommes

Bébé loutre et Maman loutre venaient d'arriver dans l'actuel lac Makoop. Après de multiples jeux dans les rapides qui menaient à cette étendue d'eau claire, la mère et la fille n'aspiraient qu'à une chose, se reposer au soleil. Allongées sur le dos, leurs petites pattes croisées sur le ventre, elles se laissaient dériver au gré du courant, fermant les yeux sous les chauds rayons. Un bruit étrange les tira de leur torpeur. C'était comme si un gigantesque troupeau d'orignaux secouait les arbres près de la rive. Apeurée, Bébé loutre se serra contre sa mère.

– Qu'est-ce que c'est, maman?

– Je ne sais pas. Je suis curieuse. Viens, allons voir!

Maman et Bébé loutre nagèrent jusqu'à la rive et trottèrent vers l'endroit d'où provenait ce bruit insolite. Au fur et à mesure qu'elles avançaient dans le bois, le vacarme augmentait sans qu'elles puissent l'identifier à quoi que ce soit de familier. Maman loutre se tourna vers son petit :

– Viens contre moi et ne me quitte pas. Allons nous mettre à l'abri de ces buissons. Mieux vaut être prudentes.

Elles se frayèrent un chemin jusqu'à ce qu'elles s'arrêtent net devant un spectacle qui leur fit dresser le poil sur la tête : une meute d'animaux étranges s'affairait à arracher les arbustes et à abattre des arbres. Maman loutre et Bébé loutre étaient interdites. Ces animaux se tenaient debout sur leurs pattes arrière et étaient aussi grands qu'un chevreuil; le poil ne poussait que sur le sommet du crâne. Poil et peau étaient plutôt bruns et les membres massifs de leur corps jouaient des muscles selon qu'ils soulevaient ou poussaient des troncs et des branches. Il y avait également des mères qui portaient leur petit sur le dos dans un étrange assemblage de bois et de peau. Des mères avaient le ventre rond d'une future portée. Ces animaux communiquaient peu, soufflant davantage. Parfois un cri guttural retentissait et faisait sursauter les deux voyeuses. La meute se regroupa autour d'un feu et mangea de la viande de caribou. Revenue de sa surprise, Maman loutre fit lentement marche arrière.

– Viens, ma fille. Allons prévenir les autres.

Le soir même, dans la clairière, le conseil s'était réuni. Il y avait tout ce que la région compte de mammifères, d'oiseaux et d'insectes. Maman loutre et Bébé loutre représentaient quant à elles les habitants des lacs, des mers et des rivières. Maman loutre venait de terminer son récit, et l'assistance était plongée dans le silence, méditant la nouvelle. Vieux Grizzly prit enfin la parole :

– Si ce que tu dis est vrai, il nous faut chercher d'où vient cette espèce et ce qui l'amène dans nos parages. Nous ne sommes pas vindicatifs et quiconque vient sur cette terre est le bienvenu. Toutefois, il est de notre devoir de défendre notre paix et notre sécurité. Je propose que nous surveillions ces nouveaux venus pendant un certain temps afin de nous assurer que leurs desseins sont bienveillants. Nous pourrons ensuite aller à leur rencontre et les accueillir.

L'assistance restait muette. Une certaine inquiétude envahissait les bêtes. Était-il dangereux de s'approcher de cette espèce inconnue? Que se passerait-il s'ils se faisaient prendre à épier? Et que pouvait bien vouloir cette meute sur leur terre? Vu la distance à laquelle se trouvaient ces animaux, il fut décidé que des représentants de chaque espèce se relaieraient pour aller les observer. Après de nombreux conciliabules, l'assemblée se dispersa en petits groupes bruyants et sceptiques. Songeuse, Maman loutre regagna sa tanière où dormait Bébé loutre. Elle se demandait depuis combien de temps les nouveaux venus étaient sur cette terre. Elle se promit de procéder dès le lendemain à une surveillance indépendante pour mieux comprendre la nouvelle espèce et évaluer sa progression vers le Nord.

La première semaine se déroula dans une tension palpable, tant les animaux étaient inquiets. Ce furent successivement les écureuils et les grenouilles qui vinrent discrètement épier les nouveaux arrivants. Ils ne purent que constater les faits et gestes déjà rapportés par Maman loutre devant le conseil : des animaux se tenant sur deux pattes qui se servaient des arbres, des écorces et des herbes pour construire leur refuge précaire, se nourrir et soigner les plus faibles. Ils notèrent avec intérêt qu'ils parlaient peu, que leur force était grande, tant chez les mâles que chez les femelles et qu'ils vivaient en harmonie. Leurs gestes étaient empreints d'une certaine lenteur et d'une précision remarquable et ce qu'ils arrivaient à faire de leurs mains était impressionnant. Maman loutre, tapie dans son coin, guettait, à moitié convaincue de l'apparente innocence de ces êtres qu'elle observait. Quelque chose en elle pressentait le drame, alors même que déjà des bruits rassurants couraient dans la communauté animale quant à la nature pacifique de cette espèce.

Tout changea brutalement sur les paisibles terres de cette région en cette deuxième semaine de guet. Les animaux commençaient à s'habituer à ces étranges bipèdes, décidément si pacifiques, quand un fait nouveau vint tout bouleverser. Les oies venaient relever les grenouilles et assurer leur tour de guet. Elles étaient arrivées par les terres ou par le lac. Leurs grands battements d'ailes avaient attiré l'attention de têtes aux longs poils bruns. Il n'y eut aucun bruit et nul ne vit venir le drame. Dans un frémissement de plumes, deux oies furent foudroyées inexplicablement en plein vol et tombèrent comme des pierres au centre du camp des êtres à deux pattes. Une troisième tressaillit quand une fine tige de bois s'enfonça dans son aile. Elle vit sa chute ralentie par des arbres et s'aplatit dans les eaux mornes de la rivière grise.

Maman loutre, postée sous un tronc d'arbre couché, assista, horrifiée, à la suite du spectacle. Un des êtres à deux pattes rejoignait les siens; il portait sur son dos une sorte de nid d'écorce contenant le corps de deux oies, de celles qui devaient venir du nord de la clairière. Les femelles des êtres à deux pattes se saisirent des dépouilles encore chaudes, les plumèrent rapidement et rassemblèrent le duvet dans des fibres tissées en sacs. Elles ouvrirent ensuite les corps des malheureuses pour les vider de leurs organes. Certaines fumaient déjà un choix de morceaux, d'autres lissaient, étiraient et nettoyaient la chair. Quelques-unes sectionnèrent pattes et cous et suspendirent au-dessus du feu des lambeaux encore recouverts de peaux par endroits. Maman loutre assistait à cette horrible préparation quand un nouveau mâle et un confrère surgirent en brandissant par les pattes les oies qui s'étaient postées sur le lac. La même besogne recommença et, bientôt, Maman loutre put observer un festin animé d'exclamations. Pantelante, elle parvint à se tirer de sa morbide fascination et, usant de mille ruses, réussit à quitter sa tanière sans se faire remarquer et à regagner la rivière. Il lui fallait au plus vite rapporter au conseil ces épouvantables comportements. Elle n'avait pas fait dix brasses dans les eaux glacées qu'elle heurta l'oie blessée à l'aile. Celle-ci vivait toujours. Elle souffrait énormément et n'arrivait plus à se maintenir à la surface de l'eau. Maman loutre passa sous le corps ami et porta l'oie sur son dos vers l'autre rive, afin de la faire soigner par le magicien des animaux.

Le même soir, le comité se réunit en grande hâte pour faire le point sur les tragiques événements de la journée. L'oie blessée, l'aile prise dans un pansement, terminait son récit devant une assemblée muette de stupeur.

– Je n'ai rien vu arriver. Rien entendu. J'ai vu mes amies tomber et j'ai ressenti une vive douleur à l'aile. Après le noir le plus total, je me suis retrouvée sur le dos de Maman loutre en train de traverser la rivière.

Maman loutre compléta son récit :

– Je n'ai rien entendu. Il m'a semblé – mais je ne pourrais l'affirmer, tant mon attention se portait sur tout ce qui se passait dans le camp – que les mâles lançaient quelque chose en l'air à l'aide d'un bout de bois maintenu arqué par une corde. Ce qu'ils ont fait des corps, je vous l'ai déjà dit. Très rapidement, les femelles les ont dépouillés, lavés, fumés et grillés, et tous s'en sont régalés.

Le guérisseur des animaux intervint :

– Je confirme que les oies ont été tuées par une pointe acérée projetée avec force. Notre amie ici a beaucoup de chance de s'en être tirée, mais je doute qu'elle puisse à nouveau voler.

Des exclamations désolées fusèrent dans l'assemblée. Les animaux se regardaient, inquiets, ne sachant que faire. Vieux Grizzly prit la parole.

– Je comprends que cette situation est inquiétante : d'un côté, un nouveau peuple envahit nos terres et constitue une menace en abattant nos arbres et en tuant nos semblables; d'un autre, nous ne pouvons nous baser sur ce que nous avons appris aujourd'hui pour décider si oui ou non ces êtres sont véritablement dangereux et s'il faut leur déclarer la

guerre. Je propose de continuer le guet et de redoubler de prudence avant de tirer nos conclusions. Donnons-leur jusqu'à la fin de la nouvelle lune pour décider ce que nous leur réservons, et au besoin nous en référerons au Grand Esprit des lacs et des forêts.

L'agitation s'empara des animaux présents. Ils avaient peur pour eux et pour leurs enfants et ne semblaient pas disposés à risquer de se faire massacrer par les nouveaux venus. Vieux Grizzly reprit :

– Souhaitez-vous entrer en guerre? Savez-vous seulement quelles sont nos chances? Nous avons été pris de court par leur attaque, surpris par leur stratégie et leur technique… Nous ne savons rien d'eux. Peut-être sont-ils bien plus dangereux que ce que nous pensons. Peut-être pas. Ils ne sont pas allés tuer au delà du territoire sur lequel ils séjournent jusqu'à présent.

Le caribou l'interrompit :

– Grizzly, tu devines certainement comme nous que ce peuple ne s'arrêtera pas là où il se trouve. D'après ce que nous ont rapporté Maman loutre, les frères écureuils et autres amis, ces animaux bougent. Ils ne sont pas sédentaires. Aujourd'hui, nous pouvons les localiser, mais demain nous devrons vraisemblablement nous cacher pour leur échapper.

Le silence s'abattit sur l'assemblée. La peur était là, palpable. Chacun méditait ces propos et s'imaginait le pire. Devrait-on vivre dissimulé? S'inquiéter pour ses enfants et pour l'avenir? Serait-on obligé de quitter cette terre et d'aller plus loin? Jusqu'où? Qu'arriverait-il quand ces bêtes à deux pattes seraient partout? Serait-ce la fin de la paix et du règne des animaux? Vieux Grizzly parla à nouveau :

– Étudions-les encore ces prochains jours et soyons attentifs à tout ce qui les caractérise : déplacements, méthodes de chasse, vie en communauté, ce qu'ils mangent, ce dont ils ont besoin, comment ils se le procurent et jusqu'où ils vont pour se le procurer. Préparons-nous

ainsi à riposter et à agir en cas de danger imminent. Je vous demande de la patience, car je vous le dis, nous ne sommes pas prêts et ce serait folie que d'aller contre eux maintenant. Soyez sur vos gardes et apprenez tout ce qu'il y a à savoir. Retrouvons-nous alors à la pleine lune et prenons notre décision.

Les paroles de Vieux Grizzly provoquèrent encore quelque émoi, puis tous tombèrent d'accord sur l'attitude à adopter. Il fut convenu que les loups et les caribous iraient faire le guet et Vieux Grizzly demanda à Maman loutre de veiller sur eux et lui recommanda la plus grande prudence. L'assemblée fut levée, et tous, après avoir apporté aide et vivres à l'oie blessée, s'assurant qu'elle ne manquait de rien, rentrèrent chez eux. Lorsque Maman loutre revint chez elle, elle trouva Bébé loutre éveillée dans son lit. Elle la regarda de ses grands yeux doux.

— C'est vrai que des oies ont été tuées par les nouveaux venus ?
— Oui. Mais tu ne devrais pas être éveillée. Couche-toi et rendors-toi. Je veille sur toi.

Bébé loutre se lova contre sa mère. Ses yeux se fermaient déjà lorsqu'elle dit :
— Tu sais, je n'ai pas peur et je ne crois pas qu'ils me feraient du mal. Je suis trop petite pour eux, mais aussi bien plus malicieuse.

Maman loutre regarda son bébé s'endormir et réfléchit dans la nuit. Elle ne voulait pas de guerre, mais elle ne voulait pas non plus qu'il arrive malheur à Bébé loutre. Et pour ça elle serait prête à tout. Demain, elle en saurait plus. Demain lui apprendrait peut-être que tout ceci n'était qu'un cauchemar dont ils allaient tous se réveiller.

Le lendemain se passa sans incident. La vigilance ne se relâchait pas chez les animaux. On avait vu les « sur-deux-pattes » s'activer à la fabrication d'outils mystérieux et inquiétants, pointus ou en forme de crochets. Deux jours plus tard, ce fut encore une tragédie. Maman loutre, depuis son poste, put voir le retour au camp d'un groupe de mâles portant

des filets dans lesquels se débattaient encore faiblement de gros poissons. Elle allait se mettre en route vers la tanière de Vieux Grizzly lorsqu'elle vit des pieds recouverts de peau de bête passer. Elle s'immobilisa et retint sa respiration. Les pieds s'arrêtèrent devant elle, tout près. Elle entendit un sifflement suivi d'un choc sourd, puis ce fut une cavalcade. Maman loutre put distinguer un bruit de course de quadrupèdes – certainement des chevreuils – et plusieurs pieds recouverts de peau courant dans la direction du troupeau en fuite. Elle observait, fascinée, ces pieds qui touchaient à peine le sol et qui semblaient dotés d'ailes invisibles qui les emportaient à la vitesse du vent. Malgré la peur et la curiosité, Maman loutre se garda bien de bouger. Elle sentait confusément que la forêt recelait des dangers en cet instant précis. Rapidement, ce fut le silence à nouveau. Les même pieds foulèrent le sol, devant son abri, sans s'arrêter. Ils laissaient à présent une marque dans le sol comme s'ils portaient une lourde charge. Maman loutre laissa passer encore un instant, puis se risqua à couler un regard hors de sa cachette. Tout le camp des « sur-deux-pattes » s'affairait autour des corps de chevreuils qui s'entassaient au centre de la clairière. Maman loutre en dénombra cinq. Probablement, ceux qui devaient surveiller cette semaine les nouveaux venus. Le cœur serré, elle vit les êtres aux longs poils, mâles comme femelles, ouvrir les bêtes, les vider, les dépecer et les hisser sur des tréteaux pour les fumer.

Maman loutre ne put en supporter davantage. Elle se glissa hors de son trou et, telle une ombre, courut jusque chez Vieux Grizzly pour l'avertir du drame. En passant, elle s'arrêta chez elle pour récupérer Bébé loutre et l'emmener avec elle. Mais arrivée à la maison, elle ne trouva nulle trace de Bébé loutre. Elle chercha aux alentours et descendit même jusqu'à la rivière pour la chercher… En vain. Un immense vide emplit son ventre. Et s'il était arrivé quelque chose à son bébé? Si les « sur-deux-pattes » l'avaient capturée? Elle secoua la tête, se refusant à imaginer le pire. Elle appela, cria, interrogea les voisins, les poissons et les oiseaux et lança une recherche sur tout le territoire. Le jour commençait à décliner. En proie à la plus vive angoisse, Maman loutre partit chez Vieux Grizzly demander de l'aide. Lorsqu'elle arriva devant sa grotte, elle découvrit que d'autres animaux s'étaient déjà rassemblés, sûrement déjà au courant de la situation. Un chevreuil blessé à l'oreille avait réussi à s'enfuir et était venu rapporter la tuerie au comité. Elle se joignit au groupe, remarquant l'imposante présence du Grand Esprit des lacs et des forêts. Son immense sagesse et son pouvoir plongeaient le groupe dans un silence religieux. Sa parole résonnait et imprégnait chacun des intéressés.

— Je comprends votre colère et votre juste angoisse et je me désole de ce qui est arrivé à nos amies les oies et aux chevreuils ce matin. Je connais ces animaux à deux pattes, comme vous dites. Ce sont des hommes et ils ne sont pas mauvais dans le fond. Ils sont arrivés après nous et cherchent eux aussi un endroit à découvrir et où s'installer. Ils sont d'une intelligence vive et ont beaucoup de créativité et de savoir, ce qui devrait nous inspirer du respect au lieu de la peur. Notez qu'ils ne tuent et n'abattent pas plus d'arbres et de gibier que ce dont ils ont besoin pour survivre, et bien que cette réalité soit douloureuse pour certains d'entre vous, ils agissent de la même façon que nous. Une attitude belliqueuse n'a pas de raison d'être pour le moment et quand le jour sera venu, j'organiserai une rencontre entre vous et les nouveaux venus afin que vous vous compreniez mieux.

Maman loutre ne put s'empêcher d'intervenir, tant son inquiétude était grande :

— Grand Esprit, mon bébé a disparu. Beaucoup d'entre nous ont été blessés ou tués. Je crains que mon bébé ait été capturé à son tour. Qui sait combien d'autres ici vont succomber à cause de ces hommes et combien d'enfants risquent leur vie aujourd'hui. Nous te conjurons de faire quelque chose. Aidez-moi à retrouver Bébé loutre et à faire revenir la paix parmi nous.

L'assemblée réagit aux propos de Maman loutre par des exclamations approbatives. Ils respectaient tous le Grand Esprit, mais craignaient de plus en plus pour leur vie et ne pouvaient supporter davantage ce climat d'angoisse. La tension était perceptible. Un cri venant du dehors les fit sursauter et ils se précipitèrent à l'extérieur. L'oie blessée qui servait à présent de garde devant l'antre de Vieux Grizzly venait de donner l'alarme : un petit homme blessé se traînait, tenant dans ses bras Bébé loutre. Il venait de trébucher à l'entrée de la caverne. Maman loutre poussa un cri. Bébé loutre se sauva des bras du petit homme et courut vers elle, alors que les animaux présents refermaient un cercle autour du blessé. Lapin Blanc remarqua :

— Il a perdu connaissance.

— Vite, emmenons-le à l'intérieur. Nous tenons à présent notre monnaie d'échange contre notre paix.

C'était le coyote qui venait de parler. Les animaux se saisirent du petit homme et l'emportèrent dans l'antre de Vieux Grizzly. Maman loutre serrait Bébé loutre contre elle, heureuse et soulagée de l'avoir enfin retrouvée. Etouffée par les baisers de sa mère, Bébé loutre parvint quand même à dire :

— Il m'a sauvé la vie. Il est formidable!

À l'intérieur de la grotte, le conseil réuni au-dessus du corps inanimé était pensif. Bébé loutre prit la parole en s'échappant de l'étreinte de sa mère et en allant se placer près du petit homme.

— J'ai été enlevée par un aigle et déposée sur un rocher. L'aigle allait me tuer de son bec et de ses serres quand le petit « sur-deux-pattes » est arrivé et a pris ma défense. Il a essayé de faire fuir l'aigle, mais s'est fait attaquer à son tour. Il a alors lancé des pierres avec une petite corde sur l'aigle et est ainsi arrivé à l'éloigner. Il m'a ensuite prise contre lui et m'a protégée sous sa peau. Il a couru vers la forêt pour échapper à l'aigle blessé et en colère qui nous poursuivait, bien décidé à nous tuer. C'est lui qui a pris tous les coups de bec et de griffes jusqu'à ce que nous soyons à l'abri. Pas une fois il n'est tombé. Il m'a demandé où j'habitais et m'a conduite à la maison, mais il n'y avait personne. Nous avons rencontré Bébé écureuil qui m'a dit que Maman me cherchait et qu'un conseil s'était réuni chez Vieux Grizzly. Le petit « sur-deux-pattes » m'a portée jusqu'ici. Je crois qu'il est mort de ses blessures. Il m'a sauvée et protégée jusqu'au bout.

Bébé loutre se glissa contre le petit être inanimé sur le sol et se mit à pleurer. La foule demeura interdite, silencieuse. La nouvelle était incroyable. Ainsi, un de ceux-là mêmes qui avaient tué avait pris des risques énormes pour sauver l'un des leurs et était venu mourir parmi eux pour ramener leur protégée. Grand Esprit s'avança en silence au milieu du cercle et posa une main sur le front de l'enfant, puis passa plusieurs fois ses doigts sur tout son corps, l'effleurant à peine en entamant un cantique guérisseur. Tous observaient le silence. Soudain, le cri de l'oie retentit, strident. Avant que l'assemblée puisse réagir, un groupe d'hommes armés entra dans la caverne. Des poils se dressèrent sur les échines, des crocs jaillirent et des griffes sortirent. Des grognements sourdaient. Des hommes, la mine hostile, brandirent de longs morceaux de bois aux bouts acérés. Grand Esprit ne s'interrompit point et continua son manège. Un homme s'avança. Les animaux lui firent de la place. La tension était à son comble. Tous retenaient leur souffle. Les hommes les fixaient. Celui qui s'était avancé resta muet devant le corps du petit.

Grand Esprit s'interrompit et se tourna enfin vers les nouveaux venus. Il s'adressa en particulier à l'homme qui s'était avancé dans le cercle :

– Ton fils est vivant. Je l'ai guéri de ses blessures. Il se repose pour l'instant. C'est un être très brave, il a sauvé la vie de Bébé loutre dont l'aigle royal s'était emparé, et ce au risque de perdre sa propre vie, pour enfin le ramener parmi nous. Tu dois être très fier de lui.

Il reprit après un bref silence et en ayant promené son regard sur l'assemblée :

– Puisque vous êtes venus ici, j'aimerais vous présenter à vos nouveaux amis. Ils vivent sur ces terres et s'inquiètent de votre arrivée ainsi que des pertes que vous avez causées parmi eux. Ils ne sont pas méchants, mais méfiants. Je vous engage à vous découvrir mieux, à vous apprécier et à vivre en paix. Je dois m'en aller à présent, mais vous saurez toujours où me trouver en cas de besoin. N'ayez pas de craintes pour le petit, il sera bientôt à nouveau conscient et recommencera à courir. Au revoir mes amis.

L'homme qui s'était détaché du cercle vint s'agenouiller devant Grand Esprit.

– Je te remercie Grand Esprit d'avoir sauvé mon fils et je me tourne vers les habitants de cette région pour les assurer de ne pas avoir à nous craindre. Nous ne porterons jamais atteinte aux plus faibles d'entre vous, de même que nous respectons toute forme de vie. Nous vous proposons notre aide quand vous en aurez besoin et serions heureux de vivre parmi vous. Grand Esprit, sois toi aussi assuré de notre dévouement pour cette terre et de nos intentions. Vous tous qui êtes ici, merci de nous accueillir et de nous accorder la place que nous sommes venus chercher et partez en paix, vous n'aurez pas à vous soucier de nous.

Sur ces mots, l'enfant remua et s'éveilla. Bébé loutre, toujours blottie contre lui, le regarda de ses yeux sombres. Aussitôt le petit la prit dans ses bras et la serra contre son visage, tout heureux. Bébé loutre poussa un cri de joie et frotta ses moustaches contre sa joue. L'assemblée fut ravie. Maman loutre s'approcha de l'homme toujours agenouillé, qui recevait à présent contre son cœur le fils qu'il avait cru perdre et Bébé loutre, toujours dans ses bras.

— Je remercie ton fils d'avoir sauvé la vie de mon enfant et félicite son courage. Je me réjouis aussi qu'il ait pu nous trouver à temps et que Grand Esprit soit parvenu à guérir ses blessures. Je voudrais t'offrir en remerciement mon aide et t'assurer de ma bienveillance. Toi et les tiens, n'aurez rien à craindre de nous. Vous avez le cœur pur et votre place est sur cette terre au même titre que la nôtre. Soyez les bienvenus.

Les animaux brisèrent le cercle, et vinrent se mêler aux hommes qui avaient posé leurs armes à terre. Un lien sacré se noua ce jour-là entre les hommes et les bêtes et leur alliance fut respectée tout au long des années. Aujourd'hui encore, il n'est pas rare dans cette région du globe, de voir un Indien saluer l'esprit du lièvre ou louer le courage du loup. Quant au peuple des animaux, ils respecta son engagement et veilla toujours de loin sur cette nouvelle race d'occupants, venus chercher la vie et la beauté de ce côté des lacs.

Les démons de la nuit

Les années avaient passé depuis que les premiers hommes avaient fait leur apparition dans le monde des lacs, des esprits et des animaux. Hommes et animaux avaient réussi à créer un climat de paix et de respect profond de leur environnement et vivaient en parfaite harmonie. En fait, on voyait souvent un clan ou un individu rendre hommage à une rivière ou à une partie des terres, dédier un chant ou une prière au maître des loups ou au roi des ours. De leur côté, les animaux venaient de temps en temps prêter main-forte à l'homme dans ses travaux : les castors les aidaient à construire des barrages, des cerfs étaient volontaires pour porter de lourdes charges… Il eût semblé au visiteur venu sur ce coin de terre avoir atteint une certaine forme de paradis. Les esprits surveillaient leur petit monde du coin de l'œil, satisfaits de cette harmonie. Pourtant, lors de conseils où les sages se rencontraient, des bruits commençaient à circuler au sujet de l'imminence d'un cataclysme. On redoutait une force nouvelle et mystérieuse qui bouleverse à jamais l'ordre des choses. On ne savait pas bien au juste d'où la menace viendrait, mais on la sentait proche, prête à survenir à tout moment. Cette crainte n'était vécue que dans les hautes sphères des esprits et des sages et n'inquiétait pas encore les mortels.

Les saisons se succédaient et, petit à petit, les hommes et les animaux avaient appris à apprécier ce que ce monde avait à offrir. Ils vivaient éparpillés sur un territoire immense et, pour certains, rien ne valait les migrations pour découvrir de nouveaux paysages ou au contraire retrouver ceux qui avaient su les séduire. Le temps s'écoulait toujours au même rythme, régulier, offrant le confort de repères stables.

Vint pourtant un jour, après les temps de grands froids, lorsque le ciel se dégage complètement et que les champs et les lacs ne gèlent plus, où les anciens voulurent interroger les oracles. On ne sait pas exactement pourquoi ils ressentirent ce besoin, mais ils avaient la certitude qu'un malheur se préparait. Ils se réunissaient régulièrement dans la hutte du chef d'un village et tenaient conseil. Ces assemblées se prolongeaient des nuits entières. Les gens des autres villages continuaient de vaquer à leurs occupations, ne prêtant que moyennement attention à ce qui agitait les vieillards. Les rumeurs n'avaient pas encore atteint leur hutte ni leur travail. Les femmes n'en soufflaient mot et les enfants continuaient de courir, insouciants et libres comme le vent.

Peu de temps après, des incidents pourtant survinrent, perçus seulement par quelques animaux. Par une nuit calme, les étoiles tenaient banquet dans un ciel d'encre. Dame biche avançait d'un bon pas dans la forêt, décidée à profiter de l'obscurité pour cheminer à l'abri des chasseurs. Elle s'enfonçait dans les bois, quand tous ses sens se mirent en alerte. Quelque chose fonçait sur elle à la vitesse de l'éclair. Quelque chose qu'elle ne parvenait pas à identifier et que sa mémoire d'animal n'avait jamais encore recensé. Raide, aux aguets, prête à bondir, elle leva la tête, les muscles bandés. « Cela » venait d'en haut. Elle ne put voir dans la noirceur, à travers l'épais feuillage et l'amas de branches de la forêt. Un bruit de tonnerre éclata juste au-dessus d'elle et les arbres

se mirent à trembler. Plus de temps à perdre. Dame biche se propulsa en avant et bondit entre les arbres dans une course folle pour échapper au monstre qui la talonnait. Les poumons en feu et des crampes dans tous ses membres, Dame biche entendit le grondement fondre sur elle et ferma les yeux, en bondissant une ultime fois en avant. Quelle ne fut pas sa surprise de se sentir retomber sur le sol, indemne, tandis que le diable la dépassait dans un bruit sourd, emportant avec lui quelques feuilles et laissant petit à petit le silence se refermer sur l'obscurité. Toute tremblante, Dame biche cherchait à reprendre son souffle et ses esprits et tâchait de se raisonner. Elle ne comprenait pas ce qui venait de se passer. Elle n'avait pu identifier son agresseur qui lui avait semblé énorme et tout proche et qui pourtant l'avait ignorée au dernier moment. Soulagée de se sentir en vie, elle ne parvenait pas à se détacher d'un sentiment viscéral; peu importe les distances qu'elle franchirait cette nuit et à l'avenir, elle était sûre que le monstre reviendrait.

De son côté, le béluga qui croisait, tranquille, le long des côtes de la Baie à la recherche de sa pitance, avait eu une vive émotion lorsque, soudain, la surface de l'eau au-dessus de lui s'était mise à frémir et que le jour s'était brusquement assombri tandis que retentissait dans les profondeurs de ces eaux pourtant calmes jusque-là un grondement inimaginable. Le béluga avait senti l'eau se mouvoir comme si elle cherchait à s'enfuir de part et d'autre et il trembla à la vue d'une ombre menaçante, tel un aigle immense qui évaluait le bon moment pour attaquer. Puis, l'apparition s'était effacée et les eaux étaient redevenues immobiles. Seul un grondement résonnait encore autour de lui, n'ayant rien à voir avec les battements de son cœur, précipités et désordonnés.

Une aventure similaire arriva à l'épervier borgne qui planait entre deux nuages, guettant son repas de son unique œil. Silencieux, il se laissait filer avec les courants d'air au-dessus de la plaine. Tout à coup, un point noir apparut dans le ciel, accompagné d'un fracas extraordinaire.

En un instant, la masse sombre, énorme, fut au-dessus de lui, lui déchirant les tympans d'un bruit épouvantable. Agile, l'épervier se laissa fondre en piqué vers le sol pour ne pas être aspiré dans les violents tourbillons provoqués par le passage du monstre. Malgré sa vitesse, l'épervier se sentit secoué, balayé dans les airs, renversé et étourdi. Il se posa sur le sol, plus brutalement qu'il ne l'aurait voulu, et se rendit compte qu'il n'entendait plus. L'apparition l'avait épargné mais lui avait volé l'ouïe.

La nouvelle de ces incidents isolés n'avait pas encore gagné la communauté des animaux et ne s'était pas encore répandue à travers le territoire. Aussi, les habitants de la rive de la Grande-Baie furent-ils bouleversés par ce qui arriva à l'un des leurs.

Un matin d'orage, le ciel gris pesait de tout son poids sur la terre et les nuages noirs s'accumulaient au-dessus de la Baie. Étoile du Matin s'était rendue au bord de l'eau jouer avec son ami Bébé phoque. Régulièrement, les deux jeunes se retrouvaient pour des échappées folles où ils confrontaient leur force, leur courage et leur habileté dans toutes sortes d'épreuves aquatiques et terrestres. Ils étaient inséparables et c'était parfois le drame lorsque l'heure, rappelée par les mères, était venue de se séparer. Ce jour-là, Étoile du Matin et Bébé phoque étaient convenus de se retrouver sur la berge près du lieu où les baleines passent durant leur migration. Malgré la basse température et la menace de l'orage tout proche, Étoile du Matin et Bébé phoque s'adonnaient à un de leurs jeux favoris : la course vers la grande faille. Bébé phoque dans l'eau devait surmonter les courants, les rochers au bord de la rive et quelques morceaux de glace coriaces, vestiges d'un hiver rigoureux, tandis qu'Étoile du Matin devait courir aussi vite que la lumière sur un terrain glissant et boueux.

Le départ venait d'être donné, et les deux amis se lançaient dans une course effrénée, quand un bruit terrible déchira le ciel. Étoile du

Matin, surprise, trébucha et s'étala de tout son long dans la boue, et Bébé phoque but la tasse en s'étouffant. Un morceau de glace fut son salut; il s'y hissa pour reprendre son souffle. L'air vrombissait anormalement et bientôt un point noir jaillit de derrière les nuages, fonçant sur les deux compères. Étoile du Matin, terrifiée autant que son jeune ami, appela celui-ci à l'aide. Bébé phoque quitta bravement son îlot pour rejoindre l'enfant sur la berge. Serrés l'un contre l'autre, tout tremblants, ils virent un aigle gigantesque arriver droit sur eux, les dépasser dans un fracas épouvantable, puis disparaître derrière les volumineuses masses noires porteuses de pluie.

Les deux amis étaient encore tout pantelants de terreur lorsque le ciel se déchira d'un éclair et laissa éclater un torrent de pluie. Bébé phoque et Étoile du Matin hurlèrent et cherchèrent un abri sûr. Ils n'étaient pas très loin de la maison d'Étoile du Matin et ils coururent se blottir à l'intérieur de l'apaisante demeure. La maman d'Étoile du Matin fut surprise de l'apparition intempestive des deux diables terrorisés qui vinrent se réfugier dans ses jupes. Ce soir-là, le papa d'Étoile du Matin et les parents de Bébé phoque eurent droit à la plus curieuse histoire de leur vie. Le récit était tellement incroyable qu'ils auraient pu l'imputer à l'imagination de deux esprits fantasques si ce n'était que jamais ces enfants n'auraient inventé de tels mensonges. Ils tremblaient encore tous les deux d'une peur que ni la chaleur du foyer ni la présence rassurante des adultes n'étaient parvenues à calmer. Les deux familles, après avoir couché les enfants et médité leurs propos en silence, convinrent d'en parler dès le lendemain aux chefs de leurs clans. L'idée qu'un danger surnaturel ait menacé l'existence de leurs enfants les tenaillait et ils eurent beaucoup de mal à s'endormir.

Le lendemain, on ne parlait plus que de cette aventure dans la communauté : chacun y allait de son commentaire. L'inquiétude était manifeste chez tous et se diffusait avec une rapidité prodigieuse par-delà

les forêts et les lacs. Chez les humains et chez les animaux, on tenait conseil. Il fut décidé de garder les enfants à la maison et de traquer toute présence hostile dans le ciel, en se tenant prêt à intervenir s'il le fallait. Les hommes sortirent leurs arcs et leurs lances, les bêtes affûtèrent leurs griffes et leurs crocs. Des tours de garde furent distribués et bientôt toute activité normale de la communauté fut suspendue, occupé qu'on était à surveiller l'ennemi. Celui-ci ne se montra pas pendant plusieurs jours et bientôt il fallut organiser une nouvelle répartition des tâches qui permettrait de vaquer aux activités nécessaires à la survie des familles. Le temps était à l'orage et il ne cessait de pleuvoir.

Une nuit où l'on ne voyait rien tant le ciel était sombre et sans étoiles, le jeune Elja, campé sur son rocher, avait tous ses sens en éveil. Son oreille fine avait perçu un lointain grondement très différent de celui du tonnerre. Dressé face au vent, il scrutait le ciel. Son courage et son audace l'avaient maintes fois distingué dans la communauté. Soudain, une étoile verte et une étoile rouge surgirent. Entre ces deux astres qui avançaient à la même vitesse, une étoile blanche s'allumait et s'éteignait. Bien que courageux, Elja sentit ses cheveux se dresser sur sa tête. Il n'avait rien vu de semblable dans sa vie. Aussi, il resta immobile et muet. Il comprit qu'une bête gigantesque portait ces étoiles, une bête dotée d'un œil unique et lumineux comme le jour. Le monstre passa haut au-dessus de lui en mugissant. Un long moment s'écoula avant qu'Elja descende de son rocher pour rapporter ce qu'il avait vu. Au lieu d'aller directement voir son chef, il fit un tour par la hutte de l'ancien et lui raconta ce dont il venait d'être témoin. Le sage l'écouta en silence puis traça des dessins sur le sol. Il irait rapporter ce complément d'information aux autres sages des communautés environnantes. Au même instant des cris retentirent au-dehors. Demi-Lune venait de voir un monstre hurlant à trois étoiles plonger vers l'autre rive de la

Rivière. Malgré l'heure tardive, l'opacité de la nuit et le froid mordant, une petite armée de guerriers fut mise sur pied en un clin d'œil.

Les hommes armés, menés par Elja et Demi-Lune, se déplaçaient rapidement et silencieusement dans la nuit vers le point indiqué par Demi-Lune. Ils avançaient tendus, et inquiets, prêts à affronter la créature. Ils coururent ainsi sur une grande distance, dépassant les forêts et les immensités glacées et contournant la courbe de la Rivière. Arrivés près d'un monticule, ils ralentirent et, d'un tacite accord, avancèrent d'un bloc, prudents, courbés en deux, vers le point où se détachait une forme énorme et immobile. Ils arrivaient sur elle par-derrière et pouvaient distinguer dans la pénombre l'éclat violent de son œil blanc qui éclairait la terre devant elle. Elja et Demi-Lune en tête, le groupe s'approcha jusqu'à toucher la bête. Elle était imposante et toute caparaçonnée d'une peau lisse qui avait la froideur du roc, avec deux ailes immenses qui s'étendaient de part et d'autre de ses flancs et que venaient orner à leur bout de petites palmes de métal. Une queue terminait son échine ; la bête reposait, tranquille, sur des pieds en forme de roue recouverts d'un matériau qui leur était inconnu. Aucun mouvement. Elle semblait assoupie et ne prêtait aucune attention à leur approche. Rien. Aucune réaction. L'œil du monstre, brillant comme le jour, ne voyait pas ces nains armés l'entourer et son corps ne réagissait pas à leur contact. Apaisés, les hommes du groupe se détendirent imperceptiblement et baissèrent les armes. Demeurant prudents, ils eurent le courage d'avancer pour observer la créature de face, prêts à lui faire front s'il le fallait. Tout en progressant en silence vers le museau allongé et froid, ils s'interrogeaient sur l'apparence inoffensive de leur ennemi et essayaient de faire correspondre à cette carapace immobile qui les ignorait sans agressivité aucune les scènes de terreur qu'on lui imputait. À la tête du monstre, les guerriers furent surpris d'entendre des sons plus ou moins familiers, proches d'un langage humain. Deux hommes se tenaient debout dans le feu de l'œil du monstre, deux hommes semblables à eux malgré leurs épais vêtements qui rendaient leur silhouette méconnaissable. La langue qu'ils parlaient avec modération leur était totalement inconnue. La peau de leur visage, dépassant à peine de leur coiffe, était d'une pâleur de mort et ces inconnus dégageaient une odeur différente de celle des hommes qu'ils avaient côtoyés jusqu'à présent. Moins grands et moins costauds qu'eux, ils étaient cependant imposants et ne montraient aucun signe d'inquiétude. Le monstre ne leur faisait pas peur. L'avaient-ils endormi? Tué? Apprivoisé? Elja et Demi-Lune sortirent de l'ombre, leurs frères sur les talons, et se placèrent dans la lumière qui venait du dessus. Ils avaient perdu un peu de leur curiosité pour le monstre, tant la présence de ces hommes blancs les intriguait.

À la vue d'Elja, de Demi-Lune et des guerriers qui les accompagnaient, armés d'arcs et hérissés de lances, les deux hommes blancs sursautèrent et eurent un geste vers leur poche. L'un d'eux, toutefois, murmura quelques mots à son comparse et tous deux décidèrent de lever leurs deux mains bien en vue, puis de les laisser pendre le long du corps. Ils contemplèrent en silence les nouveaux venus, curieux tout autant qu'eux de cette soudaine rencontre si improbable en ce lieu et à cette heure. L'inquiétude avait disparu dans les deux camps et aucune animosité ne remplissait le silence. Enfin, une partie des guerriers dirigea son attention vers la gueule de la bête. Ils remarquaient pour la première fois le nez arrondi, l'œil unique et transparent d'où sourdait une lumière violente. La bête avait accroché une étoile verte au bout d'une de ses ailes, une rouge au bout de l'autre, ainsi qu'une blanche à l'extrémité de sa queue. Deux étoiles encore, blanches elles aussi, sous le ventre et sur le dos du monstre, s'allumaient et s'éteignaient avec régularité. Les Blancs suivirent en silence la découverte de leur appareil par ce petit groupe d'hommes. Eux aussi étaient fascinés par le spectacle. Ils exploraient la région, à la recherche d'un endroit où installer une possible colonie et un poste de traite. Ils devaient survoler des kilomètres de terre et d'eau et avaient aperçu parfois certains de ces hommes et des animaux appartenant à de nombreuses espèces différentes. Les pilotes essayèrent de se mettre à la place de ces guerriers au comportement somme toute inoffensif. De toute évidence, ils n'avaient jamais vu quelque chose de semblable d'aussi près et semblaient tout autant captivés que désorientés par cette découverte. Ils venaient de trouver l'escalier qui menait à la cabine de pilotage et restaient interdits en bas des marches. Le plus petit des deux blancs fut touché de leur embarras. Il lança un regard à son collègue. Ils n'avaient plus grand-chose à faire ici de toute façon. Ils avaient glané tous les renseignements voulus et, dans quelques semaines, ils reviendraient construire leur poste à cet endroit précis.

Cette rencontre fortuite qui leur fournissait l'occasion de nouer des liens avec les premiers habitants de cette terre ne serait que favorable à leurs projets. D'un commun accord, ils proposèrent de faire visiter la cabine de pilotage à ces hommes et, pourquoi pas, de les ramener chez eux à bord de l'appareil. Ce fut avec force gestes et sourires qu'ils invitèrent les guerriers à monter dans les entrailles du monstre. Hésitants, les hommes laissèrent Elja et Demi-Lune tenter l'expérience. Les événements de cette nuit resteraient gravés à jamais dans leur esprit. Ces événements venaient de transformer leur compréhension du monde et aussi leur avenir, ils en prenaient conscience. Tassés dans l'appareil, ils regardaient les nuages dans le jour naissant se faire avaler par l'aigle, en route pour leur village.

À l'aube, lorsque l'avion atterrit près du village, tous les habitants étaient en émoi. D'abord, ils avaient tiré des flèches et projeté des lances contre le « monstre » qui descendait vers la terre. Demi-Lune et Elja sortirent les premiers pour rassurer ce peuple réuni en un cercle hostile autour du grand oiseau. La stupéfaction pouvait se lire sur tous les

visages. Elle ne disparut pas quand les moteurs cessèrent de tourner et que les deux hommes blancs firent leur apparition. Ce soir-là, Demi-Lune et Elja présentèrent les pilotes à la communauté, et il y eut un conseil spécial et une fête dans le village.

Maître Hibou, perché non loin sur sa branche d'observateur, eut tôt fait de répandre la nouvelle à travers les bois, les airs et au-dessus des eaux en survolant infatigablement les immenses étendues. Bientôt les différentes espèces animales se donnèrent le mot et vinrent discrètement assister à cet événement extraordinaire. Les deux pilotes n'en perçurent rien, mais les villageois savaient que Bébé phoque et Étoile du matin, cachés derrière le grand tipi, ne perdaient pas une miette du spectacle. Tous étaient conscients de l'importance de cette rencontre. Loin, beaucoup plus loin, au centre des terres, dans les eaux profondes des lacs et des rivières, dans les vents contradictoires, les esprits aussi observaient. Ils hochaient la tête. Leur terre se peuplait, et bien loin était le temps où l'Esprit de la terre avait fait saigner ses pieds pour y mettre les premières couleurs et les premières âmes. Cela était bien. Pour le moment. Car ils sentaient venir l'aube de grands tourments qui secoueraient ces espaces tout entiers et laisseraient à jamais des traces de destruction.

TABLE DES MATIERES

Avant-propos	7
La création des saisons	11
La création de la Grande Ourse	25
Le petit ours triste	43
Weshakajak et les oies	53
Jakabas et le brochet	63
L'histoire des Quatre Vents	73
Les premiers hommes	85
Les démons de la nuit	103

Récits, nouvelles et romans dans la
collection Parole vivante

5. Jean-Louis Grosmaire, L'attrape-mouche. Récit, 1985, 128 pages.
17. Madeleine Gaudreault Labrecque, Les aventures d'un manuscrit. Récit, 1989, 72 pages.
18. Inge Israël, Aux quatre terres. Roman, 1990, 80 pages.
22. Suzanne Parisot-Grosmaire, Fleurs d'hibiscus. Récit, 1991, 110 pages.
25. Danielle Vallée, La Caisse. Contes, 1994, 88 pages.
30. Inge Israël, Le tableau rouge. Nouvelles, 1997, 216 pages.
32. Jean-François Somain, Le jour de la lune. Conte, 1997, réimpression en 1998, 122 pages.
36. Hédi Bouraoui, Rose des sables. Conte, 1998, 120 pages.
37. Cécile Simard Pilotte, C'était la mélodie. Récit, octobre 1998, 148 pages.
41. Jacqueline L'Heureux Hart, Pique atout! Cœur atout! Récits, 1997, deuxième édition en 2000, 162 pages.
42. Jean-François Somain, Le ballon dans un cube. Récits et nouvelles, 2001, 264 pages.
44. Jacques Lalonde, Le chevalier de givre. Nouvelles, 2002, 172 pages.
45. Jacqueline Goyette, La fuite impossible. Nouvelles, 2002, 124 pages.
47. Jean-Louis Trudel, Jonctions impossibles. Nouvelles, 2003, 148 pages.
51. Des nouvelles du hasard, collectif coordonné par Monique Bertoli, 2004, 252 pages.

Contes de la rivière Severn
est le trois cent troisième titre
publié par les Éditions du Vermillon

Composition
en Times, corps treize et demi sur dix-huit
et mise en page
Atelier graphique du Vermillon
Ottawa (Ontario)
Films de couverture
Impression et reliure
Marquis Imprimeur
Cap-Saint-Ignace (Québec)
Achevé d'imprimer
en septembre deux mille cinq
sur les presses de
Marquis imprimeur
pour les Éditions du Vermillon

ISBN 1-897058-05-5
Imprimé au Canada